eXato acidente

© hedra, 2008
© Tony Monti, 2008

Dados Internacionais de Catalogação na Publicação (CIP)

Monti, Tony. *eXato acidente*
— São Paulo : Hedra : 2008
ISBN 978-85-7715-030-4
1. Literatura brasileira I. Contos III. Título

07-1942   CDD 869-92

   Índice para catálogo sistemático:
1. Contos : Literatura brasileira   896-92

Capa: Renan Costa Lima
Revisão: Ana Paula Gomes

EDITORA HEDRA LTDA.
R. Fradique Coutinho, 1139 (subsolo)
05416-011 São Paulo SP Brasil
Telefone/Fax (011) 3097-8304
editora@hedra.com.br
www.hedra.com.br

Foi feito o depósito legal.

eXato acidente

Tony Monti

hedra

São Paulo, 2008

Sumário

Clara Mcpiffs	11
Duzentos e dezessete	13
Rio só curva	17
O mestre	25
Errabundos — um roteiro em ficha corrida	29
Sono	47
O atentado α	51
A invasão	59
Sobre cervos suculentos e cadelas no cio	63
Ana Luísa não tem pintas nas nádegas	65
A dança	69
O dorso do tigre	73
Candiru	79
O mimetismo ao contrário	81
O nariz	89
O silêncio das árvores	93

vem comigo
te explico no caminho

eXato acidente

Clara Mcpiffs

Ana Clara é a mulher mais bonita deste mundo. Não conheço outros mundos. Ana Clara tem um tipo de beleza que se renova, que inclui na beleza a própria reafirmação. Foi linda a Clarinha sem seios. Quando os seios cresceram, senhorita Clara tornou-se linda. E já era antes. A beleza da jovem e desejada senhorita Clara transformou-se, após o casamento, na beleza da desejada, desejo jamais declarado, senhora Ana Clara Mcpiffs. Linda, sempre, e sempre diferente. A linda senhora Mcpiffs de segunda passada não era a linda senhora Mcpiffs de ontem. E a de anteontem, não a vi neste dia, era a linda senhora Mcpiffs que, por não a ter visto, imaginei.

Ontem, Ana Clara foi atropelada. Uma perna e uma orelha destruídas, a cabeça amassada. No hospital, antes do anúncio da morte, enquanto a reanimavam, arrancaram-lhe a perna e a orelha, e deram uma desamassada na cabeça. Acabo de voltar do enterro. Ana Clara, com seios, sem uma perna e sem uma orelha, é a mulher mais bonita deste mundo.

Duzentos e dezessete

O último do Marinelli é ótimo. Estreou na sexta, vou ao cinema no domingo, hoje. Domingo é dia de cinema. É por isso que não tem lugar para estacionar o carro perto da Augusta. Marinelli não passa em shopping. Para a sessão das oito, ingresso na mão às sete, a fila do caixa é pequena.

Dessa vez Marinelli extrapolou. Marinelli não deu título ao filme, "o último do Marinelli" é como o pessoal o tem chamado. Faço questão de não ler crítica de jornal. O que se diz é que é imperdível. Parece haver um pacto de não comentar mais nada sobre o filme. Mesmo quem procura tem poucas informações.

Fila grande é a da entrada para a sala, para ver o épico do Marinelli. Disso eu sei, o filme dura exatos duzentos e dezesseis minutos, duração de épicos. Por isso é que não passa em shopping, filme de shopping tem cem minutos. Para a sessão das oito, a fila se formou às sete e meia: busca pelos melhores lugares. Ou o hábito desencadeado por um imbecil qualquer viciado em. Em Marinelli?

Marinelli não faz superproduções, Marinelli é cineasta de idéias, meus onze reais estão bem gastos, o Espaço Unibanco reservou a melhor sala para Marinelli: sucesso no circuito cabeça paulistano.

"O primeiro do Marinelli" estreou naquela saleta do anexo que tem uns oitenta lugares, só, faz uns cinco anos, logo depois da Mostra em que foi sucesso, em que provocou filas, em que causou confusão, em que encheu páginas de cadernos de cultura jamais lidos. A não ser pelas mesmas poucas centenas de pessoas que formaram as filas. Marinelli é a cara de Roma, da Roma que não freqüenta shoppings, a cara de qualquer cidade grande. (Quem já leu o último do Paneau? Pouca gente lê em francês em São Paulo, ler Paneau em francês é como assistir Marinelli em Roma.)

A fila vai da sala à rua. Dos últimos postos vê-se bem o paulistano dos Jardins bebendo cerveja no Dedé, no BH, aproveitando os últimos momentos do domingo. É verdade que metade desse pessoal não é do tipo que trabalha na segunda cedo. É gente que tem grana, e gasta gota a gota em cerveja, festa, ingressos de cinema e livros. Ou não tem grana para mais que cerveja, festa, cinema e livro. Poucas festas. Verdade também que, em São Paulo, domingo tem cara de domingo, mesmo para quem não trabalha na segunda. Implacável.

A fila começa a andar, bom, já não agüentava mais o ambiente abafado do saguão, o barulho dos ônibus na Augusta, as mesmas caras tomando cerveja, os mesmos óculos de aro preto, as mesmas expressões de felicidade de ver o Marinelli. Será que não percebem que Marinelli está tirando uma também com a cara deles? Marinelli é gente, Marinelli não agüenta mais essa correria toda, quer dormir até as duas da tarde e tomar água, para variar. Marinelli usa chinelo de dedo. Marinelli só pega fila como modo de evitar a rotina, não ser dogmático. Abre uma exceção. Fico quase triste de ter que pegar fila para assistir a um crítico dessa vidinha de ervilha em lata.

Uma poltrona na terceira fila, espero que sente gente pequena ao meu lado, que os ombros não se encontrem, e que todo mundo fique em silêncio, o que normalmente acontece. Dei sorte, uma moça pequenininha de cada lado, acompanhadas dos respectivos namorados, o que faz com que fiquem inclinadas para longe de mim. Os trailers começam, tudo tão ridículo, propaganda do banco, uma atrás da outra, logo antes do Marinelli, ironia brava. Acaba o último trailer e o silêncio se instala — êxtase aos que fetichizam o que é, na verdade, apenas um filme. Circunstancial como as coisas. Meu ritual é tirar o tênis e a meia, relaxar e render-me. Quinze longos segundos de silêncio e tela branca antes de a primeira reclamação ser gritada. A luz do projetor sequer foi acesa. Nada sai das caixas de som. Alguém diz para o projecionista colocar a fita no lugar. Por que não esperam uns instantes?

O burburinho aumenta. Atinge um pico passados dois minutos, Marinelli é além. Quando não entender o que se passava era já burrice, ou má vontade, meia dúzia de perdidos deixaram a sala. O barulho foi diminuindo, os comentários foram ficando mais contidos. A tela e as caixas de som, ainda vazias, não se encheriam. Houve uma primeira onda de risos, um silêncio quieto e uma onda grande de gargalhadas que me comoveu. Eu já quase chorava quando o silêncio se instalou assertivo pelo trigésimo minuto de filme. Segurei as lágrimas enquanto meu corpo não abandonava meu mundo. Mas abandonou.

Era doce a ironia que a tela em branco e o silêncio me ofereciam. E só foi ironia enquanto tentei, sem perceber, escapar do Marinelli. Pouco depois da metade do filme, eu sorria e chorava, ainda tentando me represar. Tela escura, resolvi olhar para os lados e entender um pouco com a comoção dos outros. Meus olhos cruzaram com os do casal à minha direita e eles sorriram discretamente. O casal à minha esquerda estava destruído em lágrimas. Vez ou outra, escutei soluços na sala, suspiros, respirações descontroladas. Duas horas e pouco de filme e uma moça deixou a sala apoiada em um rapaz, seu amigo: não suportou três horas de Marinelli. De silêncio e projetor desligado. Devia faltar bem pouco para o filme acabar quando o rapaz do casal à minha esquerda, vendo que eu chorava sem parar, ofereceu a companhia das suas e das mãos de sua namorada. Sorri e aceitei. O casal à minha direita notou o gesto e se comoveu. Ofereceu também as mãos. Aceitei, ainda que isto tenha me levado a uma posição desconfortável. Tive que retirar as mãos para secar as lágrimas pouco antes do fim. Duzentos e dezesseis minutos de Marinelli, no fim do domingo, agora há pouco. Preciso rever, preciso entender aquele fim em que as mãos se separam sem um adeus quando as luzes se acendem.

Rio só curva

O homem do rio dormia. Sonhava com mulheres, foi o que me disse depois. Acreditei, mas não descarto que tenha mentido. Seus trapos e seu cheiro combinavam com a água escura, com as embalagens plásticas e com o esgoto que, associados, eram o rio do homem. Morava embaixo da ponte azul. Já tinha corrido todas as outras cores de pontes cinza de São Paulo. O homem do rio dormia. O mato o escondia da visão de quem passava nos veios de carros que cercam o rio. A fumaça e o barulho que ardiam em mim, aos sentidos do homem eram paisagem.

Tossi para chamar sua atenção, ainda a uns cinco metros dele. Nem porta nem janela nem teto. Formalidades: esperei que me convidasse a entrar, mas ele não acordou. Desci mais a costa. A dois metros, arranquei uma pedra do chão de terra e mato. Mirei na cabeça. Pedra pequena, mirei foi no rosto do insensível. Arremessei fraco. Um besouro: o homem espantaria com a mão a pedra que já teria sumido. Acertei o peito e ele acordou. Coçou o sovaco. O corpo se moldava ao contorno das pedras. Procurou com os olhos o invasor. Perguntou com a cabeça o que é que havia. Mostrei ambas as mãos espalmadas e sorri sem expor os dentes. Sentou-se e, olhando para mim, deu duas palmadas fortes na pedra a seu lado. Sério. Aceitei o convite, caminhei os dois metros que nos separavam e me sentei.

Agradeci com um obrigado e foi a última palavra que dissemos por quinze minutos. Lado a lado, olhamos o rio lento passar por nós: uma mistura de lixo e esgoto. Depois dos primeiros minutos percebe-se que há alguma ordem no que passa. O que passa mais rápido, o que passa mais lento, o que passa no centro, o que passa às margens. Não tinha idéia do que o homem via, e não perguntei.

Como é seu nome?

João. — disse e calou-se. João nunca perguntou meu nome.

Tá certo, João. — dei uma palmada no seu joelho, afeto — Volto amanhã ou depois.

Que é que você quer? Que é que você quer me oferecer?

Amanhã.

Estranhei que ele soubesse que eu tinha algo a oferecer. Quem se aproxima do homem, oferece albergue, comida, roupa velha. Depois soube disso. Por sua vez, ele aceita comida e roupa (larga metade pelo trajeto), e dispensa a moradia. A contrapartida seria para ele demais. Não tem dinheiro nem nada. Pedem que pare de beber, que arrume trabalho.

Quando cheguei dois dias depois, ele estava na mesma pedra. Olhou para trás quando me percebeu e em seguida apontou os olhos para a pedra ao seu lado. Pela segunda vez, observamos sentados o que passava à frente. O homem abaixou o cenho mas podia ainda ver o rio. Suspirava. Segurou a cabeça no meio das mãos. Apontou lá na frente, distante, a curva do rio. De onde estávamos, o que pude ver foi o sol brilhando nas garrafas de plástico. Lixo boiando.

Sou rio só curva.

O que você quer, João? Te dou o que você quiser. É só escolher. Te dou mulher, te dou casa, te dou dinheiro. Simples assim.

Que é que você quer de mim?

Quero que você escolha o que quiser para a vida. Eu te dou. Suspendo as circunstâncias por um instante. Você escolhe e você tem. É isso. Depois sumo e você segue a vida que tiver escolhido.

Retirou-se sem problema para subir até o asfalto. Não sei como, dali, ia embora. Pouco me importa. Continuei na pedra. Tinha comida para mais uns dias. Estranhei que me tratasse direto, sem rodeios. Com enorme mistério também, mas sem rodeios. Não perguntou se eu estava bem, não apelou a sentimentalismos para me oferecer algo. Ao fim, não me ofereceu. Senti a vida ao conversar com ele. Me senti um igual, apesar das roupas. Que eram só as roupas a diferença. Abaixei a cabeça para lembrar de Ana, mas subiu do rio um cheiro forte de enxofre. Mais vida. Meu nariz ainda funcionava. Impedia o cérebro de pensar.

Ana foi a única pessoa, antes do homem, que sentou a meu lado sem oferecer nem pedir. O homem ofereceu também, ofereceu qualquer coisa, o que não é oferecer coisa alguma. E pediu que eu aceitasse, o que também não é muito pedir. Ana sentou-se e chorou olhando o rio. Assistente social. Vez ou outra, Ana volta, me acha embaixo da ponte em que eu estiver. Fujo dos outros para ela me achar. Ana não oferece nada porque sabe que o que quero é ela, à beira do rio mesmo, inteira e sem troca.

Ele não trocaria sua parcela de liberdade por outra. Estudou, teve trabalho, leu livros, leu mais que eu. Eu leio um ou outro, de vez em quando. João lia antes de ir às ruas e depois ao rio. Pintava quadros e os vendia em feiras. Tinha casa. Não adianta oferecer. Qualquer dia some e eu vou sentir falta. Não aceitaria nada, mas não é como os outros, não perdeu esperanças, quer a vida ainda. Não aceita por força, acho, não é por fraqueza, não é porque sabe que vai beber e não voltar de noite ao abrigo. Depois vai ficando pela rua, e volta ao rio. Não é. João parece ter escolhido o rio. Não sei, não entendo. De vez em quando gosto de visitá-lo, mesmo sem saber o que dizer. Em geral não dizemos muito. Parece gostar também. Me recebe bem, aceita a companhia, não discute. Sinto que confia em mim.

Escutei algo atrás, vindo da rua, no dia seguinte. Esperava, como nos últimos meses, que fosse Ana. Muitas vezes era Ana. O homem descia sem problemas. Tinha mudado o paletó por um igual, de outra cor. Muito educado, esperou que eu o convidasse a sentar como quem espera que abram a porta. De novo, esperou um tempo adivinhando o rio, coisa que eu só tenho feito, nos últimos dias, acompanhado.

Não bebi de ontem para hoje, esperava visitas, queria estar sóbrio. Ainda consigo querer coisas assim. Estar sóbrio e estar bêbado sem ser necessariamente e sempre uma das duas coisas.

Pode oferecer. Estou escutando.

João, já ofereci, qualquer coisa, pode pedir.

Tá certo. Eu quero uma casa enorme, uns empregados, carro e dinheiro para comprar quem me der complicação — disse rindo e já angustiado por ter desperdiçado umas palavras.

Agora? Vou providenciar, mas você tem que escolher a casa e tudo mais. É só ir escolhendo. Você tem um tempo. Depois eu sumo. Existe um mundo, João, não vou criar um para você do nada — parecia sério, sóbrio como um louco.

Esquece.

Não quer uma mulher também? — não sei se foi ele quem disse ou eu quem fez surgir a idéia. Não respondi. Lembrei de Ana. Dos peitos de Ana, sempre bem cobertos, do hálito de Ana, do cabelo de Ana que, com o vento, às vezes me alisa o rosto. Pensei também em mim. Que liberdade é essa que me prende ao rio? Eu troco não ter nada para poder ter tudo. Esperança imbecil. O homem não me conhece. Deve ser falta de comida, o cérebro vai funcionando menos sério, mais mágico. E o homem me oferece qualquer coisa.

Qualquer coisa, João.

Uma mulher?

Escolhe uma.

Ana, eu queria Ana. Não disse, me senti ridículo em acreditar numa situação dessas em que eu posso tudo. Só escolher. Abaixei a cabeça para pensar. Levantei a cabeça e o homem já tinha ido. Mágica. Me senti tentado a arriscar um pedido. Pensaria nisso durante a noite.

Cheguei de tarde três dias depois. O homem do rio me esperava.
Pensei que você não viesse mais.
Pensou no assunto?
Qualquer coisa?
Que é que adianta eu oferecer menos?
Se você me pede para escolher um prato de comida, qualquer um, para eu comer a mesma coisa o resto da vida, eu escolho. Prato de comida não é das coisas que me fazem diferença. Ter um prato de comida todo dia não é mau. A certeza de ter o prato me daria mais tempo para as minhas coisas.
Que coisas?
Se você me pede para escolher uma casa para passar uns dias, eu escolho — ignorou o que eu disse. Ofegava, já, falando rápido. Faltava-lhe saliva na boca — E na casa, eu posso ter uma mulher, certo? E um carro e dinheiro.
Dez mulheres, dez carros.
E quando eu não quiser mais, volto para o rio.
Eu não estarei mais por perto. Você volta quando quiser, que o rio não vai fugir. Sempre vai ter o rio, João.
E deixo a Ana para trás, na casa com os carros e com o dinheiro, e ela me persegue, porque não vai querer o marido no rio, embaixo da ponte. Eu sei, eu sei, não é mais da sua alçada o que eu vou fazer com o que pedir. Entendi. Tudo, tudo, qualquer coisa, muita coisa. Tudo por um tempo, pode, não pode? Pode, mas eu vou querer saber o que seria se... Como é que se faz? Como é que se livra das

coisas depois? Não se volta ao rio impunemente. Gastei um bom tempo desatando nós. Não tenho muitos mais. Tem a polícia que vem, mas eu mudo de lugar. Se me pegarem, eu volto. Não sou criminoso, não me prendem, só me assustam. Tem a prefeitura, tem a Ana. Nó, tenho com a Ana, mas sei lidar com ele. Ela não vai trepar comigo. Fico no rio, espero, me masturbo de noite com o cheiro dela na memória. — ficava mais agressivo — Que é que você veio fazer aqui?

Se não quer nada, também pode. Vou embora, então — eu já levantava, fazia cena. Ele me segurou firme com as duas mãos.

Veio me arrumar uns nós, é? Não quero. Me amarrar, entendi. Tira essa sobriedade do rosto. — quis me xingar, conteve-se — É fácil não querer uma esposa quando não se pode ter uma. Não quero casar com a Ana. Talvez eu queira. Estou acostumado com a vontade de trepar com ela. Gosto de sentir vontade. É como comer. Você não sabe, você tem comida sempre. É ficar uns dias comendo muito mal e comer depois. Gosto de ter fome, entende? E se ela não me quiser? Que é que adianta? — permiti um sorriso em meu rosto — Isso, melhor assim, menos cínico. Divertido, não é? Olha isso aqui tudo. Olha o rio, olha a ponte cruzando em cima. Isso era meu. Ana me visitaria em uns dias. Eu acabaria morrendo antes de ela envelhecer. Não quero nada, não. Covarde! E que é que adianta? Você vai embora e eu tenho que resolver comigo, me desamarrar do fato de não ter aceitado nada.

Tenho certeza, queria me arrebentar. Controlou-se. Fascinante sua capacidade de se controlar. Ainda pensava em que é que pediria. Esmurrar-me seria como o suicídio diante do mundo que eu lhe ofereci.

Então vou aceitar, quantos dias eu tenho? Porra. — chorava como que descontrolado, mas se segurava ainda.

Quantos você quiser.

Quando levantei a cabeça de novo, decidido a expulsá-lo de lá, ele já tinha ido.

O mestre

*iludir (etimologia): in+ludere (ludo),
jogar, tratar como jogo*

Não é o jogo, é a construção de alguma beleza que os outros reconheçam como beleza. São as simetrias, as proporções, os modos de enxergar as peças se movendo que nem sempre trabalham para vencer a partida. É também o movimento dos braços, a compulsão por colocar as peças no centro das casas, por ajeitar as cabeças dos cavalos, para a frente ou para os lados, as sutilezas ao relatar as vitórias sem desvalorizar a audiência, os caminhos mais elegantes, mais ousados, mais irregulares ou seus contrários mais extremos. É bonito quando Tal conta que perdia sistematicamente as primeiras partidas dos torneios, essa maneira de se igualar aos que perdem sempre. Ou como Fischer abandonou o xadrez depois de esmagar todos os jogadores mais fortes de sua época.

O amor comove e a violência seduz. Aos quatorze anos de idade, Oleg Artashov desistiu do xadrez depois de, aos treze, tornar-se o mais jovem grande mestre da história. Por alguns anos, seus pais impediram a imprensa de conversar com ele. Aos vinte, um jornalista lhe perguntava sobre seus melhores momentos no xadrez. Artashov disse que, sem dúvida, o mais bonito foi quando abandonou o jogo. Disse que quando jogava sentia-se o homem mais inteligente do mundo. Imaginava-se destruindo de diferentes maneiras a mente do adversário pela destruição física de sua cabeça. Queria arrancá-las, esmagá-las.

Aos oito anos, já conhecido jogador em seu país, assistiu a um filme sobre samurais japoneses. Ficou encantado, em particular com as espadas afiadíssimas e com as possibilidades de cortar em um só golpe. Visualizava, em frente ao tabuleiro, seus braços subirem acima dos ombros e, de uma vez, arrancarem com a espada a cabeça do adversário. Os sons se resumiam, às vezes, a um kiai e, sempre, ao barulho da cabeça chegando ao chão como fosse uma bola de madeira. A passagem rápida da lâmina no pescoço não era mais que um silvo, perdia-se no salão entre as batidas nos relógios e o contato entre peças e tabuleiros. Decapitou milhares de adversários. Não fez diferença entre homens, mulheres e, os mais freqüentes, meninos e meninas da sua idade.

Mas o silvo do corte, que no começo parecia muito charmoso, começou a incomodar pela falta de materialidade. Artashov sentia o corte como se fosse uma brisa, como se as cabeças caíssem por motivo que não sua vontade. Tinha dez anos. Resolveu que trocaria a espada de samurai por um taco de baseball. O início do golpe era parecido. Levantava os braços, agora até a altura da própria cabeça. O bastão ficava na horizontal, um pouco diferente da posição da espada, que ficava um pouco mais para cima. Quase nunca a cabeça descolava do pescoço. Em geral, o golpe nem derrubava o oponente da cadeira. O golpeado se inclinava um pouco, mas algum reflexo físico de braços e pernas ainda conseguia segurá-lo antes de se dobrar sobre a mesa. Então era preciso mais alguns golpes para desligar o adversário em definitivo. Sangue, massa encefálica e outros humores em menor quantidade se misturavam às peças no tabuleiro. Era impossível ignorar o barulho. A reação no braço de quem golpeia, disse Artashov, do duro contato entre bastão e cabeça não deixa dúvida sobre os motivos da derrota do adversário. Aos doze anos, porém, Oleg Artashov abandonou também o bastão.

Disse que o período que se seguiu foi o mais intenso de sua vida no xadrez. No começo do ano venceu pela primeira vez um grande mestre e empatou com Karpov, ex-campeão do mundo, em uma exibição na qual Karpov enfrentou ao mesmo tempo em tabuleiros diferentes os dez primeiros colocados do mundial infantil. Meses depois já era candidato a grande mestre. Conseguiu as três normas necessárias ao título muito rapidamente, no fim do ano, com exibições seguras em torneios fortíssimos. Descreveu assim a partida que lhe deu o título, ocorrida duas semanas antes de abandonar o jogo: "Sem a espada e sem o porrete, sentia-me mais livre para golpear. A vantagem de manejar ferramentas apropriadas compensaria o esforço de carregá-las, se elas não me obrigassem a me distanciar dos adversários. Se utilizo um prolongamento dos meus braços para alcançar mais longe e para golpear mais forte, quem bate sou menos eu que a ferramenta. Na partida contra Epishin, usei as mãos. Ele era muito maior do que eu. Com treze anos, eu parecia ter onze. Era muito magro e um pouco mais baixo que os meninos da minha idade. Esperei que saíssemos dos lances da abertura. No lance quinze, com as pretas, adiei um tempo o roque, que parecia ser o lance adequado. Suponho que ele pensasse que eu tinha preparado o lance em casa. Eu não tinha. Muito mais nervoso do que eu costumava ficar, três lances antes eu tinha invertido a ordem dos movimentos e permiti que Epishin entrasse numa seqüência que eu não conhecia.

Quando preparei o roque com h3 em vez de simplesmente rocar, meu adversário abaixou a cabeça sobre o tabuleiro e colocou as mãos sobre as orelhas para se concentrar melhor. Nesse momento, levantei da cadeira. Lembro-me que era uma dessas cadeiras muito confortáveis, com espuma sob o couro, de encosto alto. Eu começava a sair do mundo dos torneios abertos e passava ao mundo mais restrito e um pouco mais luxuoso dos enxadristas profissionais. Coloquei o pé esquerdo sobre o assento e demorei um segundo para firmar o pé na almofada. Depois apoiei o pé direito sobre a mesa e me joguei com as mãos sobre a testa de Epishin tentando quebrar-lhe o pescoço. Ele era forte, resistiu ao primeiro golpe. Depois de muito nos agredirmos, já cansados e com braços mais ou menos imobilizados um pelo outro, concordamos quanto ao empate, o que me era satisfatório, já que garantia o título de grande mestre internacional". Artashov completou que, como vinha fazendo nos últimos meses, sentir o corpo do adversário se desfazendo nas próprias mãos era muito mais interessante do que a distância imposta pelas ferramentas. Não foi o caso contra Epishin (talvez porque o empate lhe fosse suficiente): nas últimas semanas, começara a golpear os adversários nu. Sentia-se mais próximo. Gostava de tocá-los não só com as mãos.

Duas semanas depois da partida com Epishin, na semana do seu décimo quarto aniversário, depois de uma estréia duvidosa, um empate contra uma moça alguns anos mais velha que ele e muito mais fraca, na segunda rodada do campeonato russo sub-20, a agressiva imaginação de Oleg Artashov ultrapassou suas possibilidades de contenção. Visivelmente incomodado na cadeira, o rosto franzido como que prestes ao choro ou a um grito, balançava ambas as pernas embaixo da mesa e olhava para os lados em vez de encarar o tabuleiro. Artashov levantou da cadeira e foi caminhando até a saída do salão onde aconteciam os jogos. De lá, saiu correndo. Já estava na rua quando foi agarrado por um funcionário da confederação russa de xadrez que por ali passava. Foi conduzido até os pais. Em sua primeira entrevista, anos depois desse dia, confessou que queria voltar para casa, mas, enquanto corria, preocupava-se em talvez não acertar o caminho, que costumava fazer de carro, levado pelos pais ou por algum conhecido.

Errabundos — um roteiro em ficha corrida

1.

Era um filme triste sobre uma girafa de mau humor.
— Que foi?

Em vez de olhar para a televisão, Antonio olhava para Laura, queria se certificar sobre os detalhes do rosto e do corpo da namorada. Depois de oito meses juntos, o impacto inicial de sua beleza se dissolvia na banalização. Ela estava perto o tempo todo. Antonio queria reviver a surpresa das primeiras vezes em que a viu, quando a observava discreto sem ser visto. Agora, os encantos eram, na maior parte do tempo, apenas memória. Precisava que os outros comentassem as virtudes de Laura. Quanto a isso, estava satisfeito. Ao mesmo tempo, ocupava significativa parte dos seus dias no planejamento de estratégias para conseguir algumas noites sozinho durante a semana.

Era a segunda vez, durante o filme, que Antonio desviava os olhos da tela. Os homens entraram gritando e apontando armas. Levaram Antonio para a cozinha e o amarraram numa cadeira. O rapaz nem pensou em resistir fisicamente, mesmo quando percebeu que Laura não seria amarrada, mas levada do apartamento. Eram dois, pequenos mas bastante fortes. Não se preocuparam em esconder os rostos. Estavam de jeans, camiseta e tênis. Os revólveres, depois que Antonio foi amarrado, voltaram para as cinturas, dentro das calças. Laura gritou um pouco, mas foi logo contida com um pano preso na boca e amarrado na nuca. Antonio ainda quieto resolveu oferecer dinheiro para comprar de volta a namorada, mas recebeu também um pano na boca antes de pronunciar duas frases. Desesperou-se, a princípio pelo fato de ser tão lento. Cobrou-se pelo menos um grito, agora que tinha sido forçado à mudez. Depois sentiu-se mal por ter pensado em oferecer dinheiro pelo resgate de Laura. O seqüestro ainda nem tinha se configurado. Não gostava da idéia de o dinheiro poder comprar certas coisas, era como se Laura pudesse ser comprada por outro homem a qualquer momento. Culpou-se então pelos pensamentos paralisantes, de um tipo de inteligência radical e absurda, que não o deixavam nem em momento extremo. Talvez não fosse extremo assim o momento.

Os homens arrastaram Laura para um canto. Forçaram-na a inalar alguma coisa e ela se acalmou. Não chegou a desmaiar, o que era suficiente para que continuasse caminhando enquanto eles a guiavam. Laura saía pela porta da cozinha, de olhos fechados, arrastada por dois homens. As curvas do corpo magro e alto ignoravam tudo o que estava em volta. Laura precisava apenas de um pouco de espaço para respirar. Estava linda. Antonio começou a sentir sua falta.

2.

Escapou-lhe um perdigoto. O líquido embaçado espalhou-se devagar na água do aquário. Os acarás-bandeira subiram para provar com a boca a novidade. A cortina clara deixava passar muita luz nesse dia muito claro. O movimento das partículas de pó iluminadas denunciavam os mínimos movimentos do ar. A água dos aquários que tomavam duas paredes da sala ganhava uma tonalidade verde ou azul, dependendo da localização e dos objetos por perto.

Sol de chuva, pensava Fonseca. No céu azul, nenhuma nuvem.

O telefone tocou. Apesar do permanente mau humor, Fonseca, desta vez, resolveu atender:

— É para amanhã.

— Você tem amigos demais.

— Por que você diz isso?

— Todo mundo tem amigos demais.

— Se isso é importante, não sou seu amigo, sou seu cliente.

— ...

— Ainda assim, prefiro te tratar com cordialidade e esquecer o quanto for possível qualquer filigrana pecuniária.

— Não sei o que é pior, ter muitos amigos ou muitos clientes que te pagam por um trabalho.

— Seu mau humor me agrada, coisa de gente inteligente.

Coisa de quem consegue discordar do óbvio, Mauá completou a idéia apenas em pensamento.

— Seu dinheiro me desagrada, não o seu específico mas o fato de ter que vender o que poderia ser dado. Deixemos isso de lado. Envio o pacote amanhã.

— Certo.

— Preferia saber em que você vai usar os cristais. Não sou da opinião de que quem paga faz o que quiser com a coisa. Dessa vez, vou confiar na sua reputação de honestidade, Doutor Mauá.

— Agradeço a preocupação.

O silêncio recomposto na sala confortou os músculos de Fonseca.

3.

— Não tem muito jeito, Mauá, o homem vai morrer. Tem pelo menos três grupos querendo cortar a cabeça do Bicudo.

Mauá sabia que um pistoleiro minimamente informado não mexeria com o Bicudo. Era óbvio que os homens dele revidariam o golpe sem piedade do adversário. Assim, a fala do delegado Rodrigues soava menos como informação simples do que como índice de que ele sabia de algum esquema maior que mataria o homem.

Sem o idealismo explosivo da juventude, embora ainda se considerasse um magistrado correto, Mauá muitas vezes escutava informações daquele tipo como previsões do inevitável. Havia tanta inércia no sistema que o futuro próximo parecia tão mutável quanto o passado. Em um caso desses, não havia como corrigir rumos. E mesmo que houvesse recursos suficientes para equipar o judiciário e qualificar as pessoas, o magistrado acreditava que esse dinheiro deveria servir para formar gente melhor na escola e não para prender um ou dois traficantes mais, no meio de tantos outros, ou, neste caso, de salvar a vida de um dos poucos que já estavam presos. Talvez legalizar a droga, fazer os caras pagarem imposto e mostrarem a cara.

Dinheiro.

4.

Olhava-se neste espelho duas vezes por semana enquanto esperava o menino que chegaria da escola. Em uma semana faria quarenta e sete anos. Sentia-se jovem e forte, o que o espelho não desmentia, mas não afirmava também que tinha muito menos do que a idade registrada nos documentos. O cabelo bastante grisalho era o sinal mais evidente. No resto, continuava magro, não tinha muito mais flacidez ou menos músculos do que há quinze anos. Quarenta e sete. Que é que eu fiz de errado?, perguntava, e ria dos traços da personalidade que se revelavam no absurdo da pergunta.

— Tá falando sozinho, Alfredo?

A chegada do menino foi para ele como um pequeno furto. Quem deveria ser surpreendido em momento de fraqueza era o outro, não ele.

— Estava te esperando, Dinho.

Dirigiram-se a uma saleta, uma espécie de escritório, como faziam havia nove anos. Duas escrivaninhas com suas cadeiras, um pequeno sofá e duas poltronas extras. As paredes estavam cheias de livros, grande parte deles escolhidos por Alfredo. O trabalho de psicólogo-tutor do menino já tinha sido mais freqüente. Planejavam, em algumas semanas, diminuir as visitas. Uma vez por semana, fixo, e visitas eventuais quando necessário. O dinheiro que ganhava com o filho do traficante era maior que tudo o que ganhava no resto da semana. Não entendia mais sua presença como necessária. O menino era bom aluno, equilibrado, tinha bons amigos e uma família que ganhara certa civilidade à custa do dinheiro acumulado antes de Bicudo ir para a cadeia. Dinho morava com uma tia e duas empregadas numa casa enorme e tinha dinheiro para sobreviver neste conforto por mais algumas décadas. Alfredo dizia a seus amigos que seu trabalho era necessário para garantir que o menino não abrisse mão dos estudos, já que não precisaria deles para ganhar dinheiro. Porque já tinha dinheiro. Intimamente, predominava o sentimento de que o trabalho não fosse mesmo necessário. O menino parecia gostar dos livros mais do que o próprio Alfredo. Além disso, Alfredo nunca soubera com certeza se a vida no meio de certos livros e filmes era melhor que a de fora deles.

Dinho parecia ansioso. Deixou a mala da escola no chão, ao lado da poltrona em que se sentava. Alfredo, ainda em pé, caminhava na direção da outra poltrona.

— Pode falar.

— Preciso falar com meu pai.

Era mais adulto do que seus treze anos anunciavam. Ver o pai era impossível, ordens expressas. A nova vontade do cliente daria mais ânimo ao psicólogo para encarar os próximos encontros. Mas o Bicudinho não falou mais disso nas semanas seguintes.

5.

Naquele lugar, a pouca cultura letrada do Bicudo de dez anos antes já seria suficiente para se destacar dos demais, neste critério, nos momentos esdrúxulos em que ter cultura letrada definisse qualquer relação de poder. Depois de utilizar nos livros (além dos exercícios físicos) boa parte do tempo preso, transformou-se numa espécie de guia espiritual, que é a isso que os livros estão associados na prisão.

Desde algum dia, toda semana, escreve um horóscopo numa folha de papel e o coloca na parede. Começou por brincadeira, para ser engraçado, agradar a um e sacanear com outro. Não demorou para que percebesse que seu horóscopo determinava alguns comportamentos, o que o ajudou a ficar longe das confusões maiores entre os detidos e os funcionários do presídio.

Desde há algumas semanas, o horóscopo, que só conseguia fazer frente a vontades discretas, deixou de ser eficiente. Não evitou, por exemplo, os boatos de que o Bicudo continuava tendo ascendência no tráfico no extremo sul da cidade, o que desagradava a alguns poderosos. Vontades fortes demais. Recebera por escrito duas cartas de fontes diferentes anunciando sua morte. Além disso, um dos agentes carcerários comprados por ele trouxe uma informação que parecia ser a mesma:

— Tão falando de você lá fora. Eu sei que você tem outros contatos aqui, acho melhor você sumir. Vale o risco.

Bicudo escolheu três signos, aqueles dos colegas que pareciam mais perigosos para ele naquele momento.

"Escorpião: não mate ninguém nesta semana" era disfarçadamente o teor das mensagens.

6.

Desde que os viu no Jardim Botânico, Dinho quis ter abricós-de-macaco no jardim da casa. O marido da empregada fazia as vezes de jardineiro uma vez por semana e retirava os cocos e as flores que caíam da árvore. O menino estranhava que aquele homem magro, sem gordura para esconder os músculos, combinasse tão bem a cara de mau e a cordial subserviência. De alguns meses para cá, conversavam enquanto Irineu trabalhava. Por regra, o patrão perguntava e o empregado respondia, embora as respostas às vezes tomassem rumos digressivos e dessem a impressão de conferências sobre questões cotidianas. Irineu mostrava uma intimidade com a informalidade das instituições que fascinava o menino.

Quando Dinho lhe propôs o serviço extra, já estava razoavelmente seguro de que o jardineiro não revelaria nada à esposa e que saberia escolher seus confidentes eventuais sem que o plano todo se tornasse público. A contrapartida seria a excelente remuneração.

7.

A revista estava no fundo de uma gaveta. Agnaldo a tinha roubado de uma oficina mecânica aonde uma vez levou seu fusca azul. Deitou-se de novo na cama ao lado da moça e abriu a revista nas páginas centrais. A princípio, ela não entendeu bem. A coisa ficou clara quando ele começou a explicar.

— Eu prefiro assim, Lu, tapetinho baixo sem desenho nenhum.

Virou as páginas e apontou as virilhas que mais lhe agradavam.

— Assim, com esse pêlos enormes, eu perco o tesão... e junta sujeira, cheira mal.

A campainha tocou uma vez e, antes que Agnaldo colocasse a bermuda, já estava tocando de novo. Era Irineu, o vizinho que gostava de jardins.

A conversa foi rápida e uma parte do dinheiro chegou antes do trabalho. Agnaldo estava fora de seqüestros fazia um tempo. A granfinagem tinha se mobilizado. A polícia estava mais esperta com a coisa toda. O que o fez aceitar o trabalho foi que o dinheiro era alto e que não era preciso esperar o resgate para ser pago. O dinheiro que Irineu trazia naquele dia sem muito negociar seria já suficiente, mesmo que o trabalho não terminasse da melhor maneira.

No quarto, Lu deitada com as costas na cama, mantinha as pernas para o alto enquanto olhava a própria virilha. Gostava de imaginar o fluido viscoso descendo pela vagina como catarro temporão numa garganta sadia. Ao mesmo tempo, era um modo de se vingar simbolicamente, fingindo aumentar as chances de ser fertilizada pelo sêmen de Agnaldo.

8.

No mesmo dia em que recebeu do subordinado a informação sobre a morte inevitável do Bicudo, foi que Mauá ficou sabendo sobre a filha.

— A Laura, a Laura foi seqüestrada na casa do Antonio.

Por minutos tentou obter mais informações da mãe da menina. Depois ligou para Antonio. O rapaz, ainda assustado, não conseguia dizer nada sobre o procedimento dos homens que invadiram sua casa, nenhum detalhe em que uma investigação pudesse se apoiar. Quando a excitação inicial passou, minutos depois, um cansaço e uma sensação de injustiça tomaram o espírito de Mauá. Ele não tinha tanto dinheiro. Mais do que isso, brigava nos tribunais e nos corredores para que esses imbecis tivessem uma vida melhor. Seqüestraram sua filha. Em seguida foi um sentimento de culpa por ter tantas vezes fechado os olhos para o que parecia antes inevitável, coisa de heroísmo romântico. Os pensamentos acelerados cansavam-lhe o corpo. Quando finalmente conseguiu dormir, depois de ligar para uma dezena de ex-colegas de faculdade, os pensamentos oscilavam entre "o mundo é uma merda", um abraço na filha e a imagem dos gols que tinha feito na noite anterior no futebol semanal.

Diferente do que se espera no procedimento corrente em seqüestros, que tenta cansar quem espera pela ligação, o telefone tocou no começo da tarde no dia seguinte.

9.
— Doutor, estamos com a moça.
— Sim.
— Questão simples, o senhor é inteligente, precisamos que o senhor libere o astrólogo.
— Quem?
— Facilitar pro Bicudo.

Mauá tentou mais alguma interação sem saber bem o que perguntar. Seu interlocutor não respondeu a mais nada. Já tinha apoiado o telefone na mesa quando pensou em oferecer dinheiro.
— Inútil.
Seria preciso acionar a polícia.

10.
Em vez de procurar a Seqüestros, marcou um encontro com Rodrigues.
— Onde?

— Fica ali perto do Estadão. O nome é Gruta. É uma portinha, uma espécie de porão. Tem umas mesas de sinuca, a gente pode jogar um pouco.

— Em uma hora, ok. A gente vai beber?

— Não.

Mauá não esperou as despedidas para desligar.

11.

De noite, a baixa Augusta fica apinhada de errabundos, gente que, pelo menos naquele momento, guarda algum afastamento do ritmo mais acelerado da cidade que trabalha. Mesmo com a ressalva da prostituição, que é trabalho também, Mauá simpatiza com esse mundo que parece ter menos pressa (mas talvez a tenha escondida). Ainda não era hora, o fim da tarde apenas anunciava uma noite que, fazia anos, não era para ele.

A entrada da Gruta é tão grande quanto a porta de um banheiro. Desemboca numa escada que se abre num salão esfumaçado. Nos primeiros passos no ambiente, o som da cidade some. O que Mauá ouviu foi um tec tec que seria indecifrável não fosse o que viu. Oito mesas na entrada do salão estavam ocupadas por jogadores de xadrez. Os tabuleiros e as peças de madeira fizeram a atenção de Mauá desviar-se por segundos de seus pensamentos agora obsessivos sobre como resgatar a filha. O tec tec dos botões dos relógios marcava o ritmo que reforçava uma certa atmosfera de ritual.

No fundo do salão, três mesas de sinuca. Apenas a primeira estava ocupada. Mauá sentou numa cadeira ao lado da última. Quando faltavam dois minutos para as seis, o delegado Rodrigues apareceu no topo da escada da entrada. Caminhou entre os tabuleiros, observando o que acontecia a seu lado. Quando chegou em frente a Mauá, estava já animado com o ambiente do bar. Pensou que faltavam umas mulheres para completar o clima, mas conteve-se diante da seriedade do outro.

Pediram as bolas. Não tinham completado a primeira partida, Mauá já tinha explicado tudo para Rodrigues.

— Em resumo, você quer que eu não deixe o Bicudo morrer: que eu entre em contato com quem quiser matá-lo, que eu descubra um jeito de salvá-lo e que eu fique quieto sobre nosso encontro?

— Isso.

— E você vai ficar quieto também ehhh sobre minhas eventuais relações com essa gente alheia às práticas oficiais?

— Isso.

— Urgente?

Mauá respondeu que sim com um sobe e desce discreto da cabeça.

Na manhã seguinte, Rodrigues ligou.

— Doutor, tem uns cristais. Não sei pra que eles querem isso, parece que vão moer para fazer explosivos, melhor que o senhor saiba.

— Me manda por e-mail as especificações.

— É gente da polícia mesmo.

— Não preciso saber.

12.

Demorou apenas duas horas para conseguir o número do fornecedor da PM.

O telefone tocou. Apesar do permanente mau-humor, Fonseca, desta vez, resolveu atender:

— É para amanhã.

— Você tem amigos demais.

— Por que você diz isso?
— Todo mundo tem amigos demais.
— Se isso é importante, não sou seu amigo, sou seu cliente.
— ...
— Ainda assim, prefiro te tratar com cordialidade e esquecer o quanto for possível qualquer filigrana pecuniária.
— Não sei o que é pior, ter muitos amigos ou muitos clientes que te pagam por um trabalho.
— Seu mau-humor me agrada, coisa de gente inteligente.

Coisa de quem consegue discordar do óbvio, Mauá completou a idéia apenas em pensamento.

— Seu dinheiro me desagrada, não o seu específico mas o fato de ter que vender o que poderia ser dado. Deixemos isso de lado. Envio o pacote amanhã.
— Certo.
— Preferia saber em que você vai usar os cristais. Não sou da opinião de que quem paga faz o que quiser com a coisa. Dessa vez, vou confiar na sua reputação de honestidade, Doutor Mauá.
— Agradeço a preocupação.

O silêncio recomposto na sala confortou os músculos de Fonseca.

13.

Bicudo escolheu ler durante a noite que parecia ser sua última. A movimentação nos corredores e nas celas estava diferente. O que mais destoava é que nada acontecia de casual, tudo e todos pareciam estar atentos em cumprir uma rotina organizada. Jantaram e se retiraram sem barulho, sem risadas e sem discussões.

Com um livro nas mãos, refletia sobre o quão pouco, em algumas horas, seu destino dependeria dele mesmo. Suas possibilidades de ação estavam reduzidas a quase nada. Mais do que isso, seus movimentos não seriam efetivos se o mundo externo se movesse com força muito superior à sua, de acordo com o que parecia estar acontecendo. Nenhum controle, não tinha acesso a muito mais do que pensar. Foi quando teve uma pequena iluminação inútil, um momento agradável de deleite intelectual.

Reconstituiu rapidamente seu percurso com os livros desde que fora preso. Percorreu o movimento gradual que ia de livros de muita ação aos que lhe inspiravam mais um esforço reflexivo. E chegou ao nó que parecia agora ter desatado, o que lhe dava um conforto quase religioso, uma aceitação na medida em que sua impossibilidade era menos um azar ou uma incompetência específica do que a condição de qualquer pessoa.

Um pouco de azar, ponderou depois.

14.

Albert Camus escreveu *O estrangeiro*, livro no qual um rapaz é preso e condenado por motivos que não parecem se relacionar bem com o assassinato. As circunstâncias o encaminham, da primeira à última página, até a execução de sua pena de morte. Bicudo considerava o livro condizente com o sentimento de injustiça em relação a si próprio. A morte final, para ele, era solução adequada para o retrato das possibilidades do homem no mundo. De uma perspectiva menos negativa, a morte do outro do livro não ampliava suas possibilidades mas fazia com que se sentisse menos só.

Semanas depois, conseguiu que chegasse até ele um segundo livro do mesmo autor, com título que, mais que o do anterior, anunciava uma negatividade: *A peste*. Ratos e depois pessoas começam a morrer numa cidade em um ritmo cada vez mais acelerado sem que uma solução seja vislumbrada. Em vez de as circunstâncias serem apenas implacáveis (uma força enorme que caminha devagar e indiferente e culmina na morte do protagonista), neste livro há um sofrimento que se acelera o tempo todo. As mortes estão sempre presentes em vez de anunciadas. Se se considera a cidade como o indivíduo a ser salvo, este indivíduo morre aos poucos. Bicudo, à medida que o sofrimento e a morte se estendia, começou a desconfiar de que neste livro o protagonista (a cidade) seria salvo. Ficou desapontado quando, por fim, a peste é controlada como por um milagre, sem explicações, semelhante ao modo como eram precárias as explicações para a morte d'o estrangeiro. O sentimento agora era de injustiça em um mundo que se salva, mas ele não.

Neste momento, deitado naquele colchão velho sob o silêncio de um presídio inteiro potencialmente pronto para matá-lo, Bicudo relativizou a positividade do segundo livro. Assim como alguns sobreviviam no fim, morreram muitos no percurso. A cidade como protagonista era uma abstração precária quando em contato com a materialidade do seu corpo bastante vivo, mas à beira da morte. Não era muito o fim que importava, mas a força do absurdo sobre o controle, as moralidades e as justiças. Se sobrevivesse ao silêncio que o observava, se lhe permitissem mais algumas noites, procuraria mais livros do mesmo autor.

Bicudo dormiu calmo. Antes, planejou e visualizou em letras escritas, para seu próprio signo: "Gêmeos: não se preocupe, não há o que fazer". Mas não publicaria uma mensagem que soasse, assim, como autorização para quem quisesse matá-lo.

15.

Três dias sem Laura, Antonio decidira duas coisas. Que Laura era linda. Que isso não bastava. O pai dela tinha dito que as negociações andavam rápido. Antonio calculou que precisaria de pelo menos duas semanas, depois que ela fosse libertada, antes de deixá-la. Isso se o seqüestro não tivesse desdobramento estranhos.

Assistia televisão de manhã quando começaram a aparecer os boletins sobre as rebeliões em diversas cadeias e sobre os ataques armados a bases policiais. Melhor ficar em casa, a cidade está um caos. Ele não sairia mesmo de casa, não queria ser encontrado e acusado de imbecil insensível por sair à rua enquanto a namorada está sumida.

16.

Mauá repassou os cristais para o delegado o mais rápido que pôde. O pacote não era muito grande, podia ser carregado sem muito esforço. Rodrigues tinha pressa:

— Doutor, a situação está toda armada, é melhor eu ir embora rápido.

— Vai.

Duas horas depois, ainda não passava das onze, as notícias dos ataques começaram a surgir. Mesmo com as ordens expressas de não ser incomodado por alguns dias, o telefone tocava.

— Parece grave, doutor.

— Desculpe, não posso ajudar, preciso ficar por aqui.

Mauá ficou impressionado e identificou toda a confusão com os avisos de Rodrigues. Não imaginava que a coisa toda seria tão grande.

17.

Depois de correr para dar destino ao pacote com os cristais, Rodrigues, serviço executado, voltou para casa, onde era mais seguro. Preferiu assim, mesmo que soubesse não ser um dos alvos previamente estabelecidos em sua jurisdição. Assistiu à movimentação entre telefonemas e notícias do rádio e da TV. Tudo parecia acontecer de acordo com o planejado. Terror instaurado, as pessoas preocupam-se em voltar para casa. Morrem policiais e bandidos sem que a ação revele muita coerência. Entre estes, aqueles que precisavam desobstruir determinado fluxo de dinheiro. A notícia vem como um número, dezenove policiais e quarenta e três presos, pouco mais, pouco menos. Atribui-se tudo a alguma organização que não a polícia ou a parcela respeitável da sociedade civil.

18.

Nua no sofá de casa, em frente à TV, Lu raspava a virilha de acordo com as preferências de Agnaldo. As imagens dos ataques a excitavam. A rotina interrompida a força pelo espetáculo na tela traz a sensação de que alguma coisa acontece, suspende um certo absurdo amistoso, faz esquecer a apatia diária. Tudo parece questão de vida e de morte.

19.

Bicudo acordou com a confusão. Algumas celas abertas antes da hora, alguns presos prendiam carcereiros. Policiais armados ameaçavam entrar atirando. De um modo estranho, mais celas se abriram e a massa de presos tornou o processo de invasão mais difícil. Bicudo aproximou-se mais da grade e empurrou. Aberta. Era urgente tomar uma decisão. Ficar na cela e esperar que quem queria matá-lo estivesse ocupado, ou se arriscar expondo-se na confusão. Saiu. Um policial imediatamente apontou uma arma para ele. Um outro gritou:

— Ali o Bicudo.

Um terceiro policial fazia sinal com a cabeça e com as mãos para que ele se aproximasse. Os presos armados estavam longe. O percurso até eles o exporia demais aos policiais. Por outro lado, caminhar até os policias que faziam mira nele parecia suicídio.

Foi quando os próprios policias começaram a se aproximar. A grande maioria apontava as armas e o avisava da morte. Alguns pareciam indiferentes, apenas seguiam o bando. Apenas um olhava no seu rosto e fazia sinais lentos e largos com as mãos pedindo calma. Aos olhos do aglomerado de presos, Bicudo foi englobado pela massa uniformizada e sumiu.

Nas estatísticas, foi dado como morto.

Sono

Dentro das gaiolas, as calópias dormem. Perkins, nos *Procedimentos Gerais*, recomenda que se aproveite o tempo livre, quando quase nada acontece, para fazer as reflexões sobre o contexto e o observador. Tenho dormido pouco. As calópias estão mais previsíveis. Dormem, comem e, cada dia menos, se reproduzem. De noite, separadas por grades, já não gritam como faziam meses atrás. O campus é enorme. As salas de aula, as bibliotecas e os restaurantes estão vazios e fechados. Um ou dois carros por hora. Poucas janelas iluminadas, não a minha. Há uma sala ao lado para o caso de precisar de mais luz. Aqui, penumbra, escuro para as calópias dormirem e claro o suficiente para eu tomar nota da evolução do treinamento.

O *Procedimentos* recomenda alongamento e pequenas caminhadas durante a noite. O *Handbook* diz que na idade em que estão as calópias, abandoná-las por mais de quinze minutos é correr risco de perder o eventual momento em que o *doppelt* aparece (fascinante, sem dúvida). As caminhadas tornam-se então bem curtas. Devido também ao sono, deixo de lado os exercícios. Sei, por experiência, que resisto bem com café e coca-cola. Dormirei às oito, em casa.

O que me desagrada é que os turnos deixam pouco tempo para minha vida social. Quando entro, às dez, há quem esteja saindo para um bar, entrando no cinema, trepando ou, apenas se assim escolher, dormindo. O sono me pressiona fisicamente, me deixa cansado e de mau humor. Mas amanhã, quando acordar, é a vida social que me fará falta.

Enquanto dormem, é pouco provável que as calópias se sintam oprimidas pelas grades que as isolam. Durante o dia, o gradil todo aberto, circulam pelo viveiro. Algumas ficam paradas por horas, olhando, olhando. Não quero insistir demais no assunto, as calópias têm dormido muito, às vezes também de dia. Não há nada no *Handbook* sobre elas sonharem ou não. Dois artigos alemães recentes dizem que sim, mas a interpretação das medidas da atividade cerebral não convenceu toda a comunidade.

Preciso acordar, preciso comer. Na copa há um microondas. Coloco para esquentar, juntos, café e uma torta pré-cozida. Volto ao meu posto de observação. É onde acabo o lanche. Passo os olhos em todas, uma a uma, como instrui o *Handbook*. A calópia do cubo dezessete está de olhos abertos. Por que acordada? Seis meses sem nenhum *doppelt*. Pouco razoável que apareça um no meio dessa noite cansada. "... *interrompe a cadência a nota mais tensa /... / a novidade da descoberta se manifesta tantas vezes no susto ...* ", lembro desse trecho do mesmo Perkins num ensaio polêmico, tão inspirador quanto pouco científico. Manter os olhos abertos, mesmo nas noites mais paradas (num tom mais próximo ao do *Procedimentos*).

Ela não se mexe. Nunca vi uma calópia dormir de olhos abertos. Se ela notar o pouco espaço e as grades, poderá gritar e acordar todas as outras. O preto dos olhos brilha na penumbra, é como se ela me olhasse. Se está mesmo acordada, é provável que me olhe, que me procure, apesar da visão fraca desses bichos. Devo torcer para ela voltar a dormir ou, pelo menos, ficar quieta. Sinto-me estranho. Aguardar que algo aconteça não me parece, agora, tão científico. Nas últimas duas ou três horas do turno, meu humor vacila um pouco. Costumo me concentrar para não menosprezar os detalhes enquanto repito para mim que, depois de dormir, a vida volta a ter sentido.

De olhos fixos na gaiola dezessete, reconheço que é estranho que a calópia não seja, como eu, um animal de olhos abertos na frente do qual passa um mundo (que ela seja mais mundo e eu mais consciência). Torço pelo seu silêncio, torço pelo seu sono, não há o que fazer, apenas ficar sabendo, anotar, organizar, classificar. *"Dopadas e com quatro dos cinco sentidos diminuídos, suas unhas afiadas ainda apontam rápido para a região do corpo que for tocada"* (do *Handbook*). Observo e anoto. Escrever bastante ajuda a ficar acordado, atento ao que se escreve. Duas horas para o fim do turno, vou perdendo a curiosidade pelo *doppelt* improvável e ganhando curiosidade pelos motivos da minha espera. Será que não há mesmo o que fazer? A calópia me observa enquanto escrevo. Percebi um movimento acoplado de olhos e de cabeça quando virei uma página.

A fêmea da gaiola doze está doente há dias. Nada específico, está velha. Uns suecos, na festa de encerramento do último congresso, disseram que a carne das calópias tem seus apreciadores no meio acadêmico. Invento um personagem, que não sou eu, para dizer que poderia experimentar a fêmea doze, que vai mesmo morrer em uma ou duas semanas. E imagino, agora eu mesmo, que seria menos estranho comê-la que observar sua morte. Observar e tomar nota. As coisas acontecem, uma fêmea morre, alguém abre os olhos durante a noite, mas não grita, e assim não assusta quem dorme — e eu fico sabendo. Comer a carne seria mais ativo que esperar um *doppelt*, que ninguém sabe se acontece mesmo ou se meia dúzia de nórdicos beberrões o inventaram durante uma noite sem dormir.

Me perdi de cabeça baixa olhando o papel por dois minutos. Os olhos pretos da calópia me acompanham. Quinze minutos, é o que diz o *Handbook*. Melhor eu me exercitar, em menos de dez minutos retomo caneta e papel. Retiro a camiseta e inicio a seqüência curta de alongamentos. Sentado no chão, busco as pontas dos pés enquanto, tenho certeza disso, a calópia me olha. É bom sentir o chão gelado na pele nua das costas. Tendo sempre a interromper a série. Hoje o que eu penso é que eu queria levantar para perguntar baixinho para a calópia o que é que ela está esperando. Cada dia tenho um motivo. Eu não falaria mesmo com ela, mas a vontade de perguntar é verdadeira. Ou eu falaria, mais uma vez inventando um personagem, sem esperar de verdade uma resposta. Quero muito uma resposta.

Porque quando eu olho a calópia da gaiola dezessete, eu espero, apenas espero, que ela faça alguma coisa nova. É como se o mundo se mexesse de uns modos, às vezes de outros, e eu apenas olhasse, anotasse, organizasse, sem que tivesse escolhido muita coisa, sem que eu matasse uma calópia que vai morrer em duas semanas. Minha mão corre e guarda unas linhas no papel porque não é possível guardar tudo apenas na própria memória, e assim o papel e meu cérebro se assemelham, e também minha mão que corre o papel com uma caneta. E é como se eu observasse minha mão correndo, como se ela também estivesse do lado de lá, no mundo, em frente aos meus olhos e aos olhos da calópia sem que eu escolha demais o modo como tudo se move. Ainda assim, sei que em alguma horas, logo depois de dormir, terei a sensação de poder escolher e a vontade de continuar organizando, classificando e selecionando como se as minhas mãos se movessem por minha exclusiva escolha e como se eu não estivesse apenas esperando que algo interessante apareça do nada.

O atentado α

Quando abri a porta, uma girafa se assustou. Correu poucos metros antes de perceber que não havia perigo real. Deixou para trás, balançando, um galho de acácia que pendia perto da calçada. Amanhecia. O barulho dos cascos no asfalto rompeu por dois segundos o silêncio. Ao fundo, alguns passarinhos e mais girafas. Há milhares delas aqui. Distinguem-se, na planície, dos raros edifícios da cidade. Proporcionam o conforto da proximidade com uma natureza calma. São de uma timidez atenta que favorece o convívio com pessoas. Mantêm-se a razoável distância e não causam a bagunça inevitável para um animal mais desastrado. Além disso, apesar de possuírem o aparato fonador completo, girafas são mudas.

Eu estava na zona de despressurização (ZdP) do Hybris. Não se trata de fazer a transição entre duas regiões com pressões diferentes, mas de aclimatar a pessoa que vai do caos de um bar como o Hybris para a área pública externa de convivência (APEC). Segundo os critérios do ministério do descontrole (MindC), eu ainda deveria ficar na ZdP por algumas horas. A exceção foi feita porque havia uma ocorrência a dois quilômetros do Hybris e nenhum homem da limpeza pública (LimP) estava disponível na região.

Quando a porta se abriu, senti o calor e a luz do dia de modo indireto. A acácia fazia sombra. Fiquei parado alguns segundo para me adaptar e para deixar que a girafa se afastasse. A ZdP do Hybris é uma das melhores da cidade. Estive na área pública restrita interna de convivência (APRIC) do Hybris por cerca de dois dias. Se não tivesse consumido drogas, poderia sair em cinco horas de despressurização. Como bebi seis doses de vodca, a despressurização dura cerca de quarenta e oito horas. É o tempo necessário para que a quantidade de álcool do meu sangue volte aos níveis toleráveis na APEC. A Lei diz que cada cidadão tem duzentos e quarenta horas anuais de despressurização gratuitas. Como uma parte da população teria que utilizar mais que estas horas na ZdP, e como este é um serviço caro, foi criado um sistema de transporte não higienizado (STnH), com o objetivo de levar o cidadão não despressurizado de uma APRIC até uma estação de transporte subterrâneo no seu bairro. De lá, ele deve caminhar diretamente para sua casa. Quem é pego fora deste caminho é detido e aguarda julgamento numa unidade de espera (UnE). Nos últimos anos os casos de detenção pelo motivo de desvio de percurso obrigatório após permanência em APRIC quase não existem mais. Nas celas da UnE, o nível de ordem e higiene é baixo o suficiente para afastar a delinqüência deste tipo de transgressão. Um efeito secundário é que os trens do STnH ficam cheios o tempo todo, funcionam como festa permanente aos que não podem pagar os luxuosos salões das APRIC, como o Hybris. A Lei não permite que os trens sejam ocupados desse modo, mas o receio de que a marginália se concentre em áreas higienizadas faz com que o Estado (na figura de seus diversos mecanismos institucionais, entre os quais a LimP) não se preocupe muito com a bagunça no STnH.

Não há muitos moradores por aqui. As casas e o comércio subterrâneo dão conta de quase tudo. Como pouca gente sai dos espaços construídos, a APEC é um grande vazio onde pipocam distantes uns prédios-escultura. Há alguns anos, quando ainda em curso a adaptação das pessoas aos hábitos do subterrâneo, os prédios-escultura eram motivo de grandes discussões (porque sujariam a APEC). A superfície deveria funcionar como um repositório de natureza, caso alguém disso precisasse. Eu, que por profissão atravesso a pé diariamente a APEC, entre árvores, arbustos, girafas e passarinhos, sinto um desconforto estranho, como se algo não fizesse sentido quando o sol se põe atrás de um prédio e não no horizonte baixo. Agora, porque pouca gente freqüenta a superfície, poucos se preocupam com os prédios. Uma reclamação minha, baseada em argumento tão fraco quanto "um desconforto estranho", não ganharia espaço em discussões nas altas esferas do poder (AEP).

Como não completei as horas de despressurização, mais prudente é ir ao local da ocorrência caminhando em vez de utilizar o sistema de transporte (subterrâneo) higienizado (STH). Se a ocorrência fosse grave, teriam convocado um deslocamento de emergência.

Não faz muito calor. Nas sombras, parado, eu usaria um agasalho. Não tenho muita certeza. Os dias no ambiente climatizado do Hybris e da ZdP modificam a sensibilidade do corpo aos estímulos do ambiente aberto. Começo a suar logo nos primeiros metros de caminhada no sol. Procuro endireitar o tronco e respirar fundo. A capacidade aeróbica pode estar prejudicada.

Meu destino é a fronteira da cidade. Para chegar a ele, devo atravessar o parque circular. Ele tem o formato de um anel redondo de pouco menos de um quilômetro de espessura e dá a volta em todo o miolo da APEC. Há bancos e árvores um pouco mais baixas que as do centro da cidade. É raro que girafas caminhem por lá. A pouca altura das árvores ajuda a manter o panorama plano horizontal de toda a região. O parque limita com precisão o centro e a periferia da APEC, mas, visto de longe, não configura uma barreira que esconda o horizonte.

Da porta da despressurização às primeiras árvores baixas do

parque, passei perto de cerca de vinte girafas. Todas elas estavam comendo. Nenhum barulho de motor. Nenhuma pessoa. Até que avistei dois homens jogando xadrez numa das mesas instaladas há dez anos. Antes, os jogos de tabuleiro não eram comuns na cidade, o xadrez no parque é um fato recente. Como muitos dos fenômenos da superfície, ele veio da atividade efervescente periférica e, aceito, migrou para o miolo. Acontece assim desde que foi feita a demarcação. O povo de fora (PdF) é uma massa mais ou menos disforme (ou desconhecida). Vivem livres, no sentido de que não devem respeito às normatizações de ordem e limpeza e às recomendações de beleza. Devem submeter-se apenas à norma geral primeira (NG1): manter-se longe. Isso garante que não sejam cobrados sobre as demais regras. O que acontece então é que, na fronteira entre a periferia da cidade (depois do parque) e a área do PdF (APdF), eles se acotovelam como se estivessem em volta de um campo de futebol num estádio sobrelotado.

As entradas dos indivíduos funcionam como na superfície de um copo de água onde se joga um sal efervescente. As gotinhas de líquido sobem, abandonando a massa de água, mas, como regra, para lá voltam. Vez por outra, as instituições da cidade se interessam por uma dessas gotas fugitivas enquanto estão no ar e a englobam antes que ela volte para o copo (o território exterior).

Recentemente, dizem os estudiosos destes processos de fronteira, o povo de fora tomou consciência do mecanismo de entrada e passou a arriscar-se no que ficou conhecido como atentados-alfa (Aα). Em vez de serem expurgados da massa efervescente sem se prepararem para isso, alguns indivíduos PdF escolhem arremessar-se além da fronteira com o intuito de serem assimilados pela cidade. O xadrez, por exemplo, estava esquecido na cidade há algum tempo, até que dois bons jogadores do PdF montaram rapidamente um tabuleiro dez metros para dentro da fronteira e começaram a jogar. Após justa diligência, avaliadores de inclusão (AI) resolveram adotar o jogo e, para isso, os jogadores foram contratados.

Diferente do gosto declarado da maioria da população, agrada-me pisar o chão de pedregulhos do parque. Se não estivesse em missão, tiraria as botas. Os jogadores de xadrez estão de chinelos. Noto agora, um pouco mais perto, que são dois senhores, provavelmente aposentados não trabalhadores (AnT). O barulho dos cascos das girafas no chão de pedrinhas é diferente daquele no asfalto. Há uma girafa se esforçando para comer folhas de uma amoreira muito mais baixa do que ela. Os enxadristas me ignoram tanto quanto à girafa. Conversam baixo enquanto olham para o tabuleiro.

Aproximo-me do fundo do parque. Primeiro surge um barulho leve como um mar distante de ondas pequenas. Depois distingo os gritos humanos do povo de fora que deve assistir à ocorrência para onde me enviaram.

A dez metros de distância, logo que o fim das árvores me permite enxergar todo o horizonte de gente se esmagando sem atravessar a fronteira, percebo um homem sentado numa banqueta baixa de quatro pernas. A seu lado, uma pilha de cerca de trinta livros. Sem dúvida, um $A\alpha$.

O movimento recente é o de a cidade aceitar cada vez mais o esdrúxulo mal-formado, as imagens estranhas e fragmentadas em vez de sistemas elaborados e geometricamente organizados como o jogo de xadrez. Prefere-se assim englobar logo a manifestação incômoda informe incipiente (M3i) em vez de correr o risco de enfrentá-la maior e mais estruturada depois.

Havia dois grupos de avaliadores de inclusão perto do homem. A minha presença era necessária apenas para lidar com excessos decorrentes do $A\alpha$. Os dois grupos não trocavam até então informações. É o procedimento. Na linha de fronteira, várias pessoas faziam pequenas pirâmides humanas, como referência irônica às girafas, que poucas vezes se aproximam da periferia por incomodarem-se com o caos sonoro produzido pelas pessoas de fora. Imitavam girafas (elemento de dentro da cidade) e gritavam para marcar, por outro lado, sua diferença (de fora). Paradoxal de um modo parecido aos Aα, que querem ser estranhos o suficiente (diferença), embora tenham em grande medida o objetivo de serem assimilados pela cidade, transformando uma pessoa de fora em um igual.

O rapaz na banqueta lia em silêncio. A cada três ou quatro minutos acabava uma página. Em seguida, arrancava-a do livro e a jogava fora, para o lado, amassada. Uma pilha de papel formava-se ali. Apenas isso, um marginal em trapos que lê e destrói aos poucos os livros.

Os peritos aproximaram-se e olharam os títulos. Nada de mais, os clássicos da literatura e da filosofia, em edições antigas e baratas. Quando o primeiro perito deslocou-se do grupo que se formara a partir dos dois grupos originais, e se dirigiu às costas do marginal, a fronteira se agitou em berros. Ficou ainda mais difícil distinguir as vozes dos indivíduos no ruído coletivo. O ritual do anúncio com gestos largos dos braços do avaliador talvez tenha surgido da impossibilidade de ele ser escutado falando. O avaliador coloca as duas mãos na cintura e, se levantar ambos os braços ao mesmo tempo, com as mãos abertas, o Aα foi aceito.

Muita gente se calou. Os que continuaram gritando aumentaram ainda mais o tom. Se o marginal for inserido, o mais provável é que ele aumente a superlotação das linhas não-higienizadas. Pode ser que ele volte ao lado de fora. A exceção seria ele vender seu Aα por um preço que lhe garantisse as condições financeiras da inserção. Há ainda os que, não adaptados aos condicionamentos regulamentares, fazem barulho demais e precisam ser enviados ao serviço de eliminação expurgo extinção (S3e), que trabalha associado ao LimP.

O perito, então, levantou apenas uma das mãos. Muitas das pessoas cobriram os olhos. O tiro é disparado sempre na cabeça, perto da nuca. Os que ficam de olhos abertos podem aproveitar o prazer didático (PD) como recompensa por não assumirem risco de morte em um Aα que pode não ser aceito. Continuam vivos. Uma girafa antes discreta causa balbúrdia ao sair assustada a galope em direção ao parque.

É neste momento que a LimP, representada ali por mim, entra em cena. Coloca-se o corpo em uma sacola com um zíper. A sacola é levada a um depósito. Com dez sacolas, um helicóptero decola. Ele sobrevoa a terra de fora e arremessa a carga para que o povo de fora possa fazer livremente seus rituais necrológicos.

A invasão

Eu dormia. Sonhava com cachorros. Sempre sonho que eles vêm me morder. Jamais sou mordido. Quando era criança, antes de aprender a chutar cabeças, os sonhos eram terríveis. Luto como um samurai, quantos forem os cães.
    Eu dormia. Já passava das dez. Ana sai cedo às quintas. Aproveito algumas horas no lado quente da cama, que em regra é o dela. Os latidos não me incomodam se ainda sobra um resto do seu perfume.
    Eu dormia quando a invasão anterior começou. Trancamos a porta do quarto e esperamos os cães saírem. Ana estava divina. Passamos o dia na cama. Dois pacotes de bolacha e uma jarra d'água estavam preparados de antemão. Faz um mês.
    Desta vez, ontem, dormi demais. Despertei com o bafo de dois Dobermans destruindo as bolachas no criado mudo. Enfiei a cabeça no travesseiro e chorei enquanto ouvia, finalmente, uns poucos latidos pela casa. Não são cães bravos. Eles chegam doces e se vão doces. Mas duzentos, trezentos invasores numa casa de oito cômodos seriam um problema ainda que fossem galinhas. Um filhote de Boxer puxava redondo o travesseiro onde eu me escondia. Deixei-os brincando. Brincavam com minha casa inteira. Um São Bernardo puxava minha calça para fora do quarto. No bolso da calça, o celular. Considerando que já havia dez cães no quarto, a invasão deve ter

começado quase uma hora antes. Ainda olhei para o telefone, queria falar com Ana. Os fios estavam cortados. Queria ouvir sua voz e me sentir menos só. Trezentos cães. Há quem jamais sonhe com cachorros. Invejo Ana por isso. Estivesse comigo, ela me pegaria pela mão, lembraria que caminhando lentamente, esquerda, direita, deixaríamos a casa depois de poucos minutos e alguns tropeços. Só, eu não saía da cama. Sentado, pernas encolhidas e abraçadas, acompanhei o movimento por cerca de meia hora.

Tive fome. Os cães se movimentam lentos. Espalham lentos seus pêlos, destroem lentos cada pedaço de almofada, perfuram e rasgam cada página de cada livro. Não os culpo. Nem por urinar em cada parede pintada há menos de um mês, depois da última invasão. Por que duas invasões tão próximas? Onze invasões na vida, duas neste mês. Há quem se sinta escolhido. Um bisavô meu teve a casa invadida quatro vezes em um ano. Ana, quando solteira, viu os cães uma única vez. Quatro já, em três anos comigo. Desta vez, ela os veria saindo, quando chegasse. Pensaria um, dois minutos, antes de decidir que o apropriado seria me procurar e me dar um abraço longo, me levar para um hotel, me dar um banho e dormir ao meu lado. Sim, tive fome. Não encontrei os chinelos. Receei pisar algum rabo e me assustar com o grito do bicho. Caminhei até a porta e de lá à escada. Antes de descer, não resisti e olhei o caos em fabricação. Um Rotweiller enroscara-se no fio da TV. Arrastou-se e não viu o que puxava até ouvir uma pequena explosão atrás de si. Um Pastor Alemão não apenas me encarava, bem de frente, parecia sorrir enquanto espalhava suas fezes sobre o tapete que, até ontem de manhã, cheirava novo.

Uma fila de Poodles subia para o quarto. Aproveitei o tamanho dos cães para descer a escada. Havia ainda algo a ser aproveitado na sala. Um abajur, dois pufes. Uma poltrona de couro ainda resistia. Ficaria nova com uma limpeza rápida.

Mas era cedo: tratei de tirar da cabeça as idéias da reconstrução e me concentrar na fome. Pouco provável era que eles tivessem conseguido abrir a geladeira. Eram tantos cães que eu quase não podia ver o chão apesar de sentir seu cheiro. Senti também a pasta sob os pés enquanto caminhei decidido ao corredor que levava à cozinha. Os cães passavam quentes esfregando-se em minhas pernas como se eu não existisse. Prefiro assim, o caminho torna-se mais curto. Da sala à cozinha, dois metros. À direita, no lavabo aberto, um Fila se desencaixava de uma fêmea de Samoieda. Um Husk Siberiano o ajudou a destrepar e logo começou a arfar e babar sobre a orelha da cadela. A tampa da privada subia de vez em quando. Na privada, havia uma cabecinha latindo, acho que era um Pinscher. Com os cães ocupados, lá dentro, fechei a porta do banheiro e me senti bem por isolar quatro dos trezentos da minha convivência. Ia já entrando na cozinha quando lembrei que, se os deixasse presos no lavabo, alguém teria o trabalho de os retirar no dia seguinte, o que era melhor evitar mesmo sabendo que não seria eu a fazer o serviço. Sempre sobra algum cão. O Pinscher, por exemplo, não conseguiria acompanhar os outros durante a retirada.

Reabri a porta e a Samoieda gemia, acho que de dor. À porta da cozinha, pouco poderia ser pior, uma manada de Cockers pretos impedia minha entrada. Cinco bichinhos imbecis, em vez de me ignorarem como os demais, faziam festa como a seus donos. Encolhi os braços sobre o rosto e tive náuseas. Caminhei em passo de formiga, de olhos fechados, até deixá-los para trás, não por vontade deles, mas pela força de dois Galgos que tinham pressa da cozinha para a sala. Quase me derrubaram, mau, mas, bom, levaram quatro dos cinco Cockers. O cãozinho que sobrou deu um último pulo sobre meu braço direito antes de seguir o grupo.

Na cozinha havia uns trinta cães. Comiam a farinha que encontraram sob a pia. Reviravam o lixo, roíam ossos. Trepavam-se em fila indiana, quatro, cinco. Machucavam-se com os talheres. As manchinhas de sangue no chão me comoveram mais que as dos meus braços e pernas.

A geladeira estava fechada. Senti dentes gozando rentes a minhas pernas. Continuavam, desde que decidi enfrentar o torvelinho, a cheirar-me as intimidades. Um resto de vontade ainda me sobrava. Onde estaria Ana para me emprestar um pouco da sua? Respirei fundo e planejei meus últimos movimentos. Busquei na memória a posição de cada coisa dentro da geladeira. Calculei a quantidade de passos até a porta dos fundos. Estava aberta. A partir desta porta, apenas aguardaria o fim. Empurrei uma turminha de Beagles que me impedia de alcançar a geladeira. Rápido, puxei a porta. Antes de pegar uma caixa de leite, a movimentação dos cães ficou mais intensa. O cheiro. Como podem?

Passei a mão em um litro de leite, uma garrafa de suco de laranja, duas maçãs, um pedaço de queijo branco, uma lata de leite condensado e uma caixa com um resto de comida chinesa. Agarrei firme e, em quatro passos largos, atravessei a porta. Fiz a volta na casa pelo corredor lateral. Respirava, já, bastante bem.

Sentei-me num banco da praça em frente à casa, coloquei as coisas ao meu lado e aguardei. No meio da tarde, quando Ana chegou, encontrou-me comendo, sujo, de olhos fechados. Mesmo que não houvesse o fedor nem eu estivesse ali aguardando, uns vinte cães em volta da casa a avisariam sobre o que acontecia. Tive medo que ela me culpasse pela casa destruída.

Sobre cervos suculentos e cadelas no cio

Ao contrário dos demais, o japonês chegou andando sem se apoiar em nada. Sentou-se numa cadeira e, sem muita dificuldade, retirou o agasalho vermelho e branco. Retirou, em seguida, as duas pernas e um dos braços. Arrastou-se até a beira da piscina e deixou-se cair na água. Logo que emergiu, levantou o braço bastante forte e segurou a borda com firmeza. Sorria e observava o público. Nas demais raias, representantes de outros países deixaram seus técnicos, suas cadeiras de rodas e suas muletas, e ocuparam as posições de largada.

O estilo do nado não é previamente determinado devido às evidentes diferenças entre os competidores. A restrição é que se possua no máximo dois dos membros do corpo. Neste ponto, o japonês começava inferiorizado, já que possuía apenas um. O nadador sueco impressionava. Estava já cansado enquanto aguardava a ordem de largada. Acima da água, sua cabeça balançava de um lado para o outro desenhando um oito no ar. Embaixo da água, o tronco sustentava o movimento. A ausência de pernas e braços era compensada por um tórax superdesenvolvido.

Ao tiro de largada, a maioria dos atletas partiu com facilidade em direção à borda oposta. Em pouco menos de três minutos teriam ido e voltado percorrendo assim os cem metros da prova. O loirinho sueco, logo que foi dado o tiro, mergulhou e voltou à tona, segundos depois, cerca de dois metros à frente. Colocou-se então de costas, nariz para cima, e debatendo-se venceu centímetro a centímetro os primeiros metros da piscina. Seu rosto, visível a todo o público, agonizava como que à beira da morte. Cada músculo dedicado à tarefa única de chegar à margem oposta. Nisso não se diferenciava dos demais — o dever de atravessar a piscina, apesar das bandeiras diferentes, era o total das regras que os oito atletas tinham em mente. Eram como bestas concentradas atrás de uma única presa ou de uma única fêmea. Não existiram para eles, durante os minutos da prova, o público, a vida, cervos suculentos ou cadelas no cio. A compulsão pela realização da tarefa apagou de suas mentes também as medalhas dos três primeiros colocados, o hino nacional e o beijo da grega que colocaria a coroa de louros nos vencedores. Seus lábios vermelhos tocariam o rosto dos melhores, mas eles, da piscina, não pensaram nisso.

O japonês, já recomposto dentro do seu uniforme, assistiu das arquibancadas, com as pernas cruzadas, à entrada da grega no parque aquático. Caminhava bem em suas pernas humanas. A princípio, o japonês invejou os dois americanos e o alemão que compuseram o podium e que receberiam os beijos. Mas quando a moça se aproximou do americano terceiro colocado, sentado em sua cadeira de rodas, sorrindo e balançando eufórico sua perna direita e seu braço esquerdo, o japonês fechou os olhos e deu as costas para a piscina. Não viu o americano receber o beijo da mulher a quem nunca mais nenhum dos dois veria.

Ana Luísa não tem pintas nas nádegas

Ao prazer agudo e imediato de arrancar o último pêlo extra da sobrancelha une-se o prazer prolongado e ritual de, com a tesourinha, cortar uma a uma as pontas duplas do cabelo. Após o banho, dentes escovados, seca-se com cuidado em frente ao espelho. Os olhos azuis fixam-se no redondo exato dos seios antes de percorrer a pele lisa à procura de uma gotícula de água. Veste, nesta ordem, a calcinha e as meias brancas e a blusa de seda, também branca. Toma o cuidado de ajeitar as peças para que a simetria entre as porções esquerda e direita do corpo se mantenha. Veste a calça jeans e o tênis branco trinta e seis. Fecha as portas dos armários, recolhe os pedacinhos de cabelo e os deposita no cesto de lixo do banheiro. Devolve tesourinha e pinça à gaveta. Penteia o cabelo. Deposita o pente em seu lugar na penteadeira. Toma a bolsa que esperava sobre a cama. Antes de sair pela porta da sala, belisca cada um dos mamilos para que a pele se contraia do mesmo modo em ambos sob a blusa semitransparente.

No elevador, respira ora pelo nariz, ora pela boca, para circular e sentir o hálito mentolado da escovação dos dentes. O Peugeot 206 azul metálico de Ana Luísa voltou ontem do lava-rápido. Ana encaixa a coluna no encosto do banco, apóia a mão esquerda no volante e dá a partida no motor. Liga o ar condicionado e o som. Brahms. O portão da garagem abre lento após o toque no controleremoto. Vidros fechados. Em cada sinal, homens desejam Ana Luísa. Ela percebe os olhares mas jamais saberá suas intenções. No shopping, encontra uma vaga distante. Pára. Abaixa-se fingindo pegar qualquer coisa no chão. Verifica se os bicos dos seios precisam ser beliscados. Em geral, não, graças ao ar condicionado.

O elevador do shopping é bastante limpo. Ele tem vidros nas laterais. Pode-se ver de dentro para fora e de fora para dentro. Ana aperta o botão do piso superior, o dos cinemas, e fixa a visão no display com o número do andar. No segundo piso, entra um rapaz que olha diretamente para seus seios antes de também direcionar os olhos para o display. Nenhum dos dois olha para fora. Ana gosta de chamar a atenção do rapaz que parece bastante educado. A confusão para comprar o ingresso incomoda enquanto Ana escolhe o filme que considera ser o mais vazio. Um filme macedônio que tinha sido indicado para o Oscar de filme estrangeiro. Dentro do shopping em São Paulo. Ana Luísa gosta do contato com outras culturas e outros modos de pensar.

Ana Luísa entra com a sala ainda vazia, era das primeiras da fila. Senta-se. Verifica o branco das próprias roupas e, discretamente, a forma em que se acomodam os seios de acordo com a posição em que se senta. No cinema, o calor das pessoas, o frio da sala vazia, o resto de calor da sessão anterior, e o ar condicionado desligado durante o intervalo entre as sessões — agora, novamente ligado — fazem da temperatura da sala um caos. Impossível a temperatura de um bico ser a mesma da do outro. Cruza os braços enquanto a luz não se apaga e enquanto, cinema sentado e filme começado, tudo não se estabiliza na temperatura de cruzeiro. Os rapazes que passam por Ana a observam sem disfarce, uns sujos, ela pensa. Os trailers começam, ninguém senta a seu lado. Estivesse num cinema fora do shopping, haveria mais solitários dispostos a ocupar uma poltrona vizinha. Um rapaz puxaria um papo qualquer, talvez sobre a temperatura, e Ana pensaria nos próprios seios e no esforço do rapaz para não olhá-los diretamente. Esperaria o silêncio, o filme, esperaria que ele não falasse mais nada até o fim. Esperaria mesmo que ele não existisse.

Quando a cena é bem branca, é possível ver uma manchinha escura na tela. Sujeira. Ana pensa que isso é um desleixo sem tamanho da sala de cinema. Ana não vai ao teatro porque no teatro pode-se ver o cuspe do ator, sentir o cheiro das coisas. Não o cuspe proposital: o cuspe que escapa. No teatro, pode-se ver o pó que não é elemento de cena. Pior ainda, no teatro, alguns atores acham que podem fazer piada do público. Ana Luísa abomina ser observada por ator. Abominaria também ser olhada pelo público. Cinema é mais higiênico. Quando o filme é bom, a sujeira que aparece está no lugar certo. Puseram a sujeira ali. O incômodo vem a Ana só de pensar numa peça de teatro em que o ator apontasse para ela, viesse em sua direção. Quando quer falar com alguém, ela mesma procura essa pessoa. Ana balança um pouco a cabeça, não muito, para não ser notada, tenta pensar em outra coisa e torce para o filme começar logo. Ana Luísa se lembra de que o filme é macedônio e que pode ser ruim. Começa então a associar filme ruim a peça de teatro.

Na tela, uma cena escura, uma jovem em um quarto. As cortinas brancas, o lençol branco e os perfumes e cremes bem arrumados não parecem com a Macedônia. Uma lâmpada é acesa. A menina está nua. Seu cabelo negro, liso, bem penteado. Uma câmera disseca o corpo. Está depilada. Os pêlos da virilha estão aparados. A jovem se move lentamente sobre a cama, aparentemente para que a câmera possa filmar cada milímetro do corpo. Nenhuma outra intenção. Nas nádegas, nenhum sinal de celulite. A pele muito branca era quase um céu. A vagina, uma pele rosada sem serventia. Uma pinta na nádega esquerda quebra a simetria e perturba Ana. A pinta não sai da tela por minutos. A menina caminha até o banheiro, rosa, e senta-se no vaso sanitário. Parte do público ri ao ouvir o som dos gases expelidos generosamente e das fezes chegando à água da privada como uma chuva de pedras num lago. Sua face está bastante vermelha. Ela coça os pêlos aparados da virilha ainda sentada e leva os dedos ao nariz com a intenção de experimentar alguma raspa de cheiro sob as unhas. Torce um pouco os lábios enquanto aspira o ar. Com a mão esquerda, ergue um pouco o seio direito e abaixa o pescoço. Põe a língua para fora e a estica ao máximo, com a pele do rosto em sangue. Treme no esforço. Após algum tempo consegue alcançar o bico do seio e umedecê-lo. Apóia as costas na parede, ainda sentada, afasta bastante uma perna da outra e respira fundo algumas vezes. Os bicos ficaram muito diferentes, como os de pessoas diferentes.

Ana Luísa cruza os braços, abaixa a cabeça decidida. Não muda a posição, ainda que o pescoço doa. Pelo tempo que o filme dura, não olha mais para a tela. Distrai-se, ou concentra-se, em si. Os letreiros sobem e as luzes são acesas. Ana espera a última pessoa passar antes de se levantar.

A dança

Menino está sumido. Seu Roberto não deve mesmo sentir minha falta, mas sabe como ganhar algum dinheiro (sempre volto para um pedacinho de torta de escarola). Os cachorros hoje latiram a noite toda. Acordado, planejava como matá-los um a um sem ser incriminado. Moro no prédio ao lado do quintal onde eles gritam. Suspeitariam de uma das janelas se aparecesse um cachorro morto por um tiro no dorso, dado de cima para baixo. Cochilei um pouco. Quando acordei, eles ainda gritavam. Tomei um banho e saí caminhando. Passei em frente ao portão dos cachorros e concluí que não é possível apenas matá-los e voltar para casa. Acabariam entrevistando o porteiro do prédio e ele diria que eu tinha acabado de chegar. Seria preciso sair, deixar o tempo passar, voltar, atirar, guardar a arma na mochila, dar mais uma volta e só então entrar no prédio.

Quando cheguei à lanchonete, seu Roberto sorriu e mostrou com os olhos a torta inteirinha na vitrine. Cometi a imprudência de reclamar dos cachorros para ele. Se quero mesmo matá-los, melhor que ninguém saiba das minhas reclamações. Cachorro é igual a marido de costureira, menino. Menos mau é que seu Roberto parece agir no automático. Reclama da minha ausência sempre que sumo por uma semana, oferece a torta, faz seus comentários. Ele deve ter algum prazer no trabalho. Depois que o governo passou a pagar para qualquer um ficar em casa, ninguém mais quer emprego duro. Os botequins estão sumindo. Três mil para trabalhar nem sempre valem mais que mil e trezentos para fazer o que quiser. Eu não trabalho nunca mais, prefiro ocupar a cabeça tentando matar os cachorros do vizinho. Vizinho é igual a macaco sem dente.

Eu vou matar os cachorros. Acho que o velho não entendeu. Não deve entender muita coisa. Que é que sobra para fazer depois de passar trinta anos servindo atrás de um balcão quando o governo paga para os outros ficarem em casa? E para cachaça também, talvez o lucro tenha aumentado. A quantidade de vagabundos aumentou muito. A qualidade mudou também. Agora os caras tomam banho, lêem, vão ao cinema. Cinema americano é igual a pizza requentada. O dinheiro sai inteiro da carteira, vindo do caixa eletrônico. Ou paga-se no cartão. Duvido que seu Roberto tenha ido ao cinema nos últimos anos. Trabalha o dia inteiro para servir cachaça para os novos vagabundos. Eu não trabalho mais. Vou matar os cachorros. Mais um pedacinho de torta?

Escarola é igual a coração de bêbado, essa fui eu quem compus. Disse à moça que comia uma coxinha ao meu lado, mas ela não sorriu como sorri normalmente ao seu Roberto. Acordo, durmo, faço planos. Envelhecer é fazer a mesma coisa o tempo todo quase do mesmo jeito, um pouco pior a cada vez. Seu Roberto não completa as comparações, assim não espanta a clientela. Eu sim, completo, prefiro. Já chega essa homogenização de todo mundo ganhar para morar, comer, dormir, comer torta de escarola, ir ao cinema e matar cachorros.

Aceito mais um pedacinho, sim. Nunca gostei mesmo de cachorro, mas por muito tempo foi sem motivo. Os cachorros vizinhos latem muito a noite toda, com raiva. Não é só o barulho, é a tensão também. A raiva deles desperta um desassossego em mim. Passou uma viatura com a sirene ligada em frente ao bar, ainda tem gente que faz bobagem mesmo com os mil e trezentos de graça. Por causa dos cachorros, entendo as bobagens. Preciso ir, seu Roberto, vou sentar numa biblioteca para pensar nos detalhes sobre os tiros. Matar é igual a dirigir carro velho. Amanhã tem torta?

Fora isso, tem o samba. Passei anos só olhando. E me impressionando. Arrisquei uns passos agora, pisar no pé não é sem remédio. Descobri. Importante é alguma sinceridade. Mulher gosta de dançar, verdade, mas quando pára precisa de segurança. Mulher cansada procura homem confortável. Eu danço para matar o tempo e para experimentar o milagre de jogar o pé à frente e não encontrar outro pé. É bonito confiar que o pé alheio vai ter dado o passo necessário no momento exato. É bom para se inspirar, para dar vontade. E, no final, te conforto, te abraço, cuido do teu sono. Se bater um vento, seguro teus cabelos.

Dançando foi que eu percebi que as disputas podem ser diferentes e que, talvez, os cachorros sobrevivam. Imaginei o portão vazio e a sensação de vitória nos primeiros dias sem cachorros na vizinhança. Imaginei também o vazio das frases do dono do bar quando eu passasse lá sem me julgar melhor por ter um motivo para viver. Viver é umas vezes matar cachorros. Pensei que, tão logo eu matasse o primeiro, ficaria muito mais difícil matar um segundo. Os homens estariam de olho. E os cachorros poderiam mudar de humor nesse meio tempo, poderiam ficar quietos. Eu sairia de manhã com o sono satisfeito, andaria pela rua e nada, sem perspectivas. Seria preciso encontrar outra questão de vida e morte. A gente dança de noite e, no fim, o toureiro não mata o touro. Dormem os dois. Cheguei a achar que preciso dos cachorros para alimentar meu mau humor e minha vontade de dançar. Prazer compensatório. Se os cachorros ficassem em silêncio, eu dormiria e perderia o gosto pelo bailado? Talvez o seu Roberto continue trabalhando para ter com o que brigar.

É possível lutar com mais de um, morte a eles, encontro outros. Possível também dançar com cinco ao mesmo tempo, como uns heróis do cinema. Se os cachorros morrerem, posso matar uma mulher no samba qualquer dia. A vida continua. Samba de pobre é igual a fralda de bebê amanhecido. Pensar assim em morte agressiva me dá vontade de trepar. Começo a lembrar das bundas que balançam abaixo das cinturas apertadas por mãos que não as minhas. Aperta aqui meu coração, a vida é meio pelo avesso, lembrei agora de Ana. Passearíamos de mãos dadas, faríamos um sexo limpo de noite e deixaríamos os cachorros latindo para termos de que reclamar.

O dorso do tigre

Não sei quantos são os tigres. Supõe-se que haja um segundo corredor, atrás do corredor visível que cerca toda a Área, onde os tigres se alimentariam e se reproduziriam. Um gradil com uns cinco metros de altura separa da Área o primeiro corredor. Na parede do corredor oposta ao gradil, algumas lâmpadas acendem e apagam em ritmos que variam a cada dois ou três dias. Não se sabe se elas são operadas por alguém ou se um computador controla tudo, nem se os tigres simplesmente vão e voltam do outro corredor, pelas várias portas na parede, ou se alguém impõe alguma ordem aos tigres. Houve quem se atrevesse a chegar perto da grade e desafiar os animais. Dois tigres foram feridos e alguns homens morreram. O sangue que escorreu deixou os tigres loucos por dias.

Instalado o congestionamento na avenida, apesar de a luz vermelha dizer que devo esperar, é possível atravessar entre os carros parados. Nenhum sinal de que o fluxo se restabelecerá logo. Os fins de tarde começam cada vez mais cedo, as vias não suportam há anos o tráfego dos que vão e voltam do trabalho. Há cinco dias, eu aguardava no escritório, duas horas após o expediente, até que o trânsito melhorasse e eu pudesse voltar para casa. De manhã, chegava um pouco mais tarde. Desisti. Resolvi até ontem a burocracia do desligamento. Hoje, caminho sem que esteja indo ou voltando do trabalho. Parei por uma hora numa livraria, tomei um café. Sentei num banco e observei o mundo passar.

É pouco provável, mas não impossível, que os tigres e o gradil não só impeçam que alguém saia mas também impeçam alguém de entrar. Depois do segundo, ou de um terceiro corredor, pode haver outro gradil, seguido de outra Área, semelhante à nossa. Tentou-se jogar alguns objetos para que os tigres os levassem até o outro lado. Se houvesse outra Área, um tigre saído do nosso lado poderia aparecer com um objeto estranho a ser visto na Área de lá. Nunca vimos qualquer tigre carregando algo que não fosse próprio da nossa Área. Pode ser também que alguém limpe os tigres no corredor intermediário. Às vezes um tigre sai do corredor carregando alguma coisa e depois de um tempo volta carregando essa mesma coisa. Pode ser também outro tigre — não é muito fácil memorizar os padrões de listas do dorso. São muitos os tigres. Às vezes, o objeto some e nunca mais volta. Não há regra quanto a isso (é a minha opinião), não há muito o que concluir. Há pessoas com menos dúvidas sobre a lógica e as estruturas dos corredores e das entradas e saídas de tigres pelas portas. Agora, no entanto, tais hipóteses importam pouco. Está tudo decidido.

O relógio do Louco desperta todos os dias às quatro da tarde. Ele desliga a campainha e continua o que está fazendo. Hoje, pela primeira vez, o toque das quatro horas fez sentido para todos. Há pouco menos de uma hora, o toque do relógio iniciou a ação.

É preciso alguma fé para atravessar uma rua desse modo. Passa-se no meio metro entre um pára-choque e outro. Não conheço casos de pernas esmagadas nessa situação. Ninguém nos carros esmaga pernas. Na rua, saber disso elimina parte do medo de atravessar. Não entendo como: a civilização organizou-se, as recomendações são cumpridas. Não se deve esmagar as pernas de quem atravessa a rua. À minha frente, um casal faz o mesmo caminho que eu entre os pára-choques. Ele pouco atrás dela. Os quadris da moça são distração para os motoristas. Eles a desejam, eu a desejo. Ninguém esmagou a perna do rapaz. Alguma liberdade, ao caminhar a céu aberto no fim de tarde, fica evidente. Respirar me dá prazer. Que ninguém esmaga as pernas de quem atravessa a rua me dá prazer.

Troquei olhares com os que estavam próximos. Em seguida mapeei com os olhos os poucos quilômetros da Área. Acompanhei toda a extensão da grade e contei cerca de noventa tigres caminhando ou parados, quase todos em silêncio, como é normal nesta hora do dia. Mesmo eles já se acostumaram com o despertador do Louco. Eu sabia intimamente e todos sabiam intimamente. No entanto, o que eu vi não foi mais que: quarta-feira, dezesseis horas.

Os carros, organizados assim em fila, são como lápides estranhas num cemitério estreito e comprido. O metal e o vidro refletem os prédios enormes à margem da avenida. O vidro dos prédios reflete a rua. Uma faixa pequena de céu, lá em cima, me lembra de que estou num mundo e isto me faz bem. Milhões de janelinhas não olham coisa alguma. Lá dentro, homens sentados em frente a computadores, atrás de mesas, ao lado de telefones. Mas, de fora, não se vê coisa alguma. Vidro. Atravesso uma rua e decido ir ao cinema, sem pressa porque a próxima sessão é daqui a uma hora. Comprarei o ingresso e esperarei sentado num bar, tomando uma cerveja numa mesa na calçada. As janelinhas, suponho, não me olham. É pouco provável que alguém esteja me observando entre os pára-choques e escapamentos, que esteja me olhando por uma lente, que queira uma fotografia minha ou que vá atirar no meu braço direito. Se houver alguém que queira fazer isso, fará. Porque atrás dos vidros espelhados, não se vê nada.

Caminhávamos sérios, todos, sem saber bem o que aconteceria dentro de minutos. O sorriso do Louco me incomodou a princípio, interpretei-o como um sinal de desconcentração no grupo, uma falha. Tanto quanto nós, ele não sabe o que será de tudo quando a ação acabar. O sorriso, minutos depois, me contagiava. Eu quase sorri otimista em relação às possibilidades de sucesso da ação.

Silêncio, movíamo-nos, ainda lentos para não chamar a atenção, em direção a um lugar específico, combinado com antecedência. Romperíamos as grades e enfrentaríamos os tigres num bloco único de pessoas até que alcançássemos a primeira porta. Entraríamos. Preparamos a divisão do grupo em grupos menores, com líderes definidos, para o caso de sermos obrigados a nos separar, o que seria desviar da idéia principal do plano traçado.

Quando, nos últimos dias, antecipei em pensamento a ação completa, desconcentrei-me, como regra, no momento em que nos agrupávamos para enfrentar os tigres. Não houve como bloquear a imagem de duas ou três mulheres com quem mantenho relações não mais que amistosas e com quem gostaria de estar abraçado quando passássemos a primeira porta e encarássemos o outro lado. De braços dados, o exército seguiria e o cheiro dos cabelos e da pele me moveria mais rápido e com mais força para o objetivo. Hoje, próximo de mim, apenas uma delas. Desobedeci discretamente as regras. Aproximei-me dela mais rápido que o combinado, antes que outro o fizesse.

Rua atravessada, resolvo sorrir. Não muito, apenas fingir alguma simpatia no rosto, olhar as moças nos olhos enquanto desço a Alameda até o cinema. Me falta uma mulher. Pretendo alterar logo o estado das coisas. Há quem tenha duas, três a sua disposição. Não matarei ninguém para conquistar uma. Aguardarei, conquistarei com o tempo, aprenderei como fazê-lo. Um pensamento desses me dá mais vontade de me matar que de matar os outros. Minha educação e minha paciência me corroem o estômago, me matam de dentro para fora. Pior: espero sempre, do mesmo modo como tomo cerveja e observo o mundo com um ingresso comprado para o cinema. Espero o filme sem pensar demais nele, esperança e resignação.

Poucos segundos antes que o grito de "unir" fosse dado e desencadeasse a avalanche sobre as grades, tomei-a pelo braço. O grito veio com ódio. Corpos se amontoaram o quanto puderam perto das grades sem, no entanto, impedir o trabalho dos que estavam à frente e tinham que romper as barras. Os tigres se agitaram mas, como era previsto, não atacaram imediatamente. Tinham medo do aglomerado e da confusão. Um carro de polícia desceu rápido com revólveres visíveis, sirene ligada. Procuravam alguém. Ou fingiam isso. O barulho de grades rompendo-se é assustador. Também para os tigres. Quando os primeiros homens entraram no corredor foi que eu sorri, aproximando-me um pouco mais do seu cabelo. Ansiosos, começamos a movimentação dez minutos antes do esperado. Ainda antes das cinco, pôde-se ver sangue jorrando de ambos os lados do combate. Não há como retroceder: os tigres entrariam na área e, em pouco tempo, estaríamos extintos. Sentado no bar, ingresso no bolso, tirei prazer de apenas ver as moças que passavam próximo a ponto de eu poder puxá-las esticando um braço. Não é improvável, em poucos dias terei que tocá-las. Ultrapassava já a grade. Há sempre os heróis. Morriam a patadas e mordidas. Atrás desses, como o combinado, os demais entrariam na primeira porta que fosse dominada, e logo houve uma. Um pouco entorpecido caminhei buscando no bolso o ingresso. Não há filas às quartas de tarde. Entreguei ao porteiro. Puxei o quanto pude seu braço para perto do meu. Devo estar atrasado. A entrada escura é como sair de um mundo.

Candiru

Pelo buraco, pensou, mas sem as palavras. Guiou-se pela temperatura do líquido. O túnel que se seguiu era escuro, estreito e quente. Para não ser vencido pela corrente e pelos músculos, colocou em guarda os espinhos da base da cabeça e os prendeu nas paredes do orifício. O rapaz, apesar do incômodo, continuou olhando para a moça que se aproximava vencendo as leves ondulações do riacho. Ambos nus, separaram-se por minutos, como parte de um ritual, e descarregaram as bexigas, antes repletas do que restou da muita cerveja que beberam.

Aos primeiros novos contatos táteis, a dilatação da vagina da moça e o calor dos corpos atraíram dois invasores para dentro dela. Cravaram os espinhos. Diferente do que aconteceu com o rapaz, formalizou-se um pensamento na moça. Entrou alguma coisa em mim, e o rapaz sorriu. Mergulharam na água lamacenta. Brincando, assim, faziam circular em seus corpos as substâncias necessárias para esquecer o desconforto e a dor.

Uma multidão de pequeníssimos peixes nadava em volta dos corpos quentes. Buscavam guelras mas não as encontrariam. Orelhas, nariz, boca e ânus foram invadidos. Os corpos se paralisavam. O momento humano, no entanto, não foi adiado. Ereto, o pênis do rapaz tornou-se alvo mais fácil. Esfregavam os corpos que, ainda não percebiam, já sangravam. Os seios, os braços, as pernas e a dor. Duas dúzias de pequeninos animais cravavam seus recursos no que lhes parecesse guelras de peixes maiores. Obtinham, com uso esforçado das habilidades adquiridas ao longo de milhões de anos de seleção, raspas de tecido sólido e sangue.

Poucos minutos até que pênis e vagina se encontrassem. Das orelhas, os peixinhos se espalhavam pelas cavidades da cabeça. Enquanto seguiam o movimento periódico, os olhos avermelharam até que a primeira gota de sangue escorreu de um canto de olho ao riacho. Beijavam-se e cuspiam sangue e pedaços de peixes. Os corpos em contato íntimo garantiam a minimização da dor que circulava no corpo como sangue.

As pernas e os braços começaram a inchar com os primeiros entupimentos. Reflexo incontido, os sistemas digestivos vomitavam tentando expulsar os corpos estranhos. Pedaços de invasores saíam em vômito junto com tecido dos próprios corpos.

Não mais se olhavam, pois o sangue cobria os olhos. Ou, em seguida, porque os nervos ópticos já estavam interrompidos. Mantinham as forças necessárias para não se afogarem enquanto a penetração vaginal dava-lhes a nítida sensação de estarem vivos. Cravavam as mãos nas costas do outro para não se afastarem. Arrancavam sangue com as unhas. Mordiam-se as faces no desespero de não se separarem.

O movimento intensificou-se. A massa avermelhada já não se sustentava em pé. Embaixo da água, mantinham-se juntos como na pedra um animal fossilizado. Rasgavam-se as costas com garras recém descobertas. Destruíam-se as faces com dentes cães. A moça desmaiara. Enfim, o rapaz gozou.

Sem nenhuma palavra, em minutos boiaram juntos e dilacerados. Enquanto não fediam, peixes os consumiram por dentro e por fora. Até que o cheiro alertou os urubus. Ao fim, quando a carne não mais servia aos animais superiores, os vermes deram conta de restabelecer o que antes existia.

O mimetismo ao contrário

— Todo mundo tem cheiro.
 — E nariz.
 Silêncio. Nós nos olhávamos. Laura estava deitada, nua, sem se preocupar em esconder partes do corpo. Fixei os olhos no rosto enquanto ela sorria. Devagar, aninhou-se no sofá. Quando eu me virasse, ela dormiria. Apertei o play no DVD ao lado da escrivaninha. Os caracteres chineses na tela introduzem um mundo estranho. Em frente ao computador fiz anotações. Tive a impressão de estar sendo enganado pela legenda ocidental demais. É difícil confiar numa tradução que substitui símbolos orientais milenares por palavras como melancolia, deus e inconsciente. Quando apareceu a primeira imagem, após alguns minutos de introdução escrita, parei o filme e olhei para trás. Laura virou-se de bruços, os pés perto de mim, o suficiente para eu tocá-los sem esticar o braço. Pernas, bunda, costas, cabelo.

A introdução explica que o filme deve ter sido feito em meados dos anos 60 na China, encontrado e legendado em 99. Anuncia um documentário sobre lagartos no estilo do Discovery Channel. Por fim, revela um interesse adicional na fita, o elemento exótico: enquanto as imagens se sucedem, um casal de chineses, sr. e sra. Lin, conversam sobre banalidades como se o microfone estivesse desligado. Apenas de vez em quando, comentam o que se vê na tela como os narradores do Discovery.

    Escrevi um pouco. Quando eu ia apertar de novo o play, Laura deu um gemido baixinho e mexeu os quadris a procura de uma posição mais confortável. Fiquei parado alguns minutos observando seu corpo. As pernas de pele lisa e a cintura fina.

    No começo a câmera está parada numa porção de mato iluminada por algo que deve ser uma lanterna. É difícil distinguir as formas na imagem escura em preto-e-branco esverdeado. O som também dificulta a apreensão da cena. Pouco na tela muda, apenas um balançar de formas fluidas. Os chineses começam a falar sobrepondo as vozes ao barulho do vento no mato. Vem a legenda. Trouxe o cigarro? Sim. Acende pra mim? Segundos depois, uma baforada de fumaça aparece na tela. Das vozes dos chineses não distingo nada além dos timbres masculino e feminino. A dele é grave e a dela bastante aguda. Não consigo avaliar os humores, localizar frases tensas ou relaxadas. Não reconheço sequer entonações de perguntas e respostas. Até que o sr. Lin segura um grito e a sra. Lin solta um agudo longo quase inaudível. Alguma coisa se mexe na tela de uma maneira mais constante e contínua que o mato. Laura dorme quieta atrás de mim. Seu silêncio me seduz. Acordada, Laura verbaliza cada pensamento. Quando adolescente, toquei contrabaixo em uma banda de jazz. O guitarrista tocava três notas para cada nota necessária, não conseguia marcar o tempo com silêncio. Laura é assim. Não consegue contar uma história sem se interromper com outra, preenche todos os espaços, verbaliza cada instante de sua consciência.

— Cuida bem aí dos seus lagartinhos enquanto eu durmo.

    Sorria. Já não estava acordada quando o sorriso se encolheu.

    Olhei rápido para trás. Armei um sorriso para não engatar um diálogo. Ela ainda de costas, o corpo me pedia um abraço. Os chineses ficaram quietos por um tempo enquanto uma mancha um pouco mais clara que o mato se mexia devagar. Um gemido estranho acompanhava os movimentos, uma respiração de bicho desconhecido que marcava o ritmo. O lagarto, em vez de se esconder, se mostrava. Dois chineses filmam um lagarto e este não foge, não ameaça. O lagarto faz mimetismo ao contrário. Não consigo imaginar, para um lagarto, as vantagens de ter ego grande nem as de um protagonista discreto em uma narrativa. A respiração de Laura, atrás de mim, me fez perder de novo a concentração. Olho o relógio do computador. O tempo que me resta, se preenchido por ansiedade, não me é suficiente.

Levanto e pego um copo de água na cozinha, talvez não por sede mas para tentar esquecer que estou aborrecido. Quando volto Laura está deitada, de frente para o computador, coçando a coxa direita.

— Que foi?, ela disse bocejando (eu a olhava e não tinha uma resposta).

— Não sei (silêncio), é que na vida a gente não fica chorando e se emocionando o tempo todo. Se fosse um filme, você passando de um lado para outro aqui em casa, sem roupa, sorrindo, se fosse no cinema eu choraria.

Laura virou-se de costas para dormir de novo, suponho que sorrindo. Os joelhos um pouco dobrados, a musculatura das pernas ficou mais aparente. Os chineses começaram a falar. Coloca a câmera mais para cá, ele está saindo da imagem. O lagarto brilhava no canto da tela, parecia grande, mas as folhas não eram um referencial seguro para avaliar seu tamanho. Tem mais fita? Eu não prestava atenção. Parei o filme e voltei dez minutos. Tirei a roupa e me deitei sobre Laura. Sobre a cintura e as pernas. Ela me ajudava ao mesmo tempo que fingia dormir.

Simpatizei com o lagarto. Não é mesmo da discrição que se

faz um protagonista. Mimetismo ao contrário é uma espécie de vontade de morrer, uma coragem bonita na tela. Mas não serve para muitos no além-ficção.

Laura ainda em silêncio. Os critérios anteriores deixam de ser válidos, Laura deixa de ser um objeto: a desintegração de um mundo inteiro, o mundo anterior, começa logo que eu gozo. Preciso escrever, Laura gosta do meu texto. Ela é grande e dorme como se fosse mínima. Na faculdade de Letras, na primeira prova de Lingüística, Laura começou assim uma resposta sobre os processos de formação de identidades socialmente reconhecíveis segundo alguns autores pós-estruturalistas: "Os cascos bipartidos de uma vaca branca pisam uma grama seca. Se chover por três dias, a grama estará mais verde. A vaca não ficará essencialmente mais ou menos branca pela chuva, a não ser que se banhe no barro mole, úmido, que sem chuva não existiria." A essas seguiram-se várias linhas. O professor, espirituoso, escreveu: "irresistivelmente poético" ao lado da nota 0,5/10 (meio). Laura é de uma objetividade que eu não entendo.

Na tela, a beleza do lagarto, ainda que ele seja comido por talvez estar visível demais no meio do mato, é de uma melancolia bonita que é quase felicidade. É também desse heroísmo estético que às vezes se faz um bom protagonista.

Play. Bastante concentrado agora, li diálogos que, enquanto Laura impunha sua existência em mim, distraído não percebi. Não me aperta (não acredito que chineses falem isso). Eu não gosto disso, estou aqui só para te acompanhar. Acho que escutei o sr. Lin dizer qualquer coisa, mas nenhuma legenda apareceu.

Conheci Laura após a prova de Lingüística, ela me pediu ajuda, pediu que eu estudasse com ela. Depois de eu gozar, Laura ainda é linda. Apaixonei-me por um par de pernas fortes e uma cintura fina. Fui pago para escrever um texto para uma revista de cinema sobre esse documentário absurdo. Farei um texto ótimo, do qual Laura sentirá orgulho e vontade de estar por perto. A vontade de me livrar de um corpo (ela) existe, mas alguma experiência me diz que precisarei do corpo amanhã ou depois. Por uma ou duas horas, não sinto vontade de estar com ela. Some também meu ciúme. Se ela for embora (meus músculos fazem conjecturas sobre o assunto), pode ser bom ficar sozinho um tempo.

Logo depois da metade do filme, mudei de opinião. Mimetismo ao contrário é imbecil. De grandes imbecilidades também se faz ficção. Tenho gastrite quando Laura insiste em usar critérios estéticos um pouco tradicionais para eleger seus valores e seus heróis. Porque é preciso sobreviver. Mas reconheço que minha gastrite não é apenas estética, eu tenho medo do apego mais generalizado de Laura pelo mundo, que faz com que ela seja dispersa demais em suas vontades e com que eu me sinta menos especial. Mais do que deixar de ser prioridade, tenho medo de ser deixado. Ao contrário, talvez meus critérios estéticos é que dependam de eu ter ou não ter desconfortos gástricos.

Não sei se lagartos têm saliva. Começo o texto com uma homenagem: "o corpo muito colorido de um lagarto aparece na tela sobre a folhagem homogênea e quase sem cor". Apenas uma vez vi Laura com medo. Ela achava que eu a deixaria. Não a deixei, nem as pernas, nem a cintura, nem todo o resto. Ela disse a frase exata "estou com medo" e eu respondi rápido "eu te protejo", mas o medo dela era exatamente o de eu não a proteger. Outras vezes, em frases bem maiores, Laura disse ter medo, mas quando ela fala assim com muitas palavras, eu não a entendo, eu não a encontro. Nem a ela, nem ao medo de quando se usa poucas palavras. Fica tudo menos claro.

Talvez seja um pouco agressiva a relação em que eu gosto de vê-la perdida para poder protegê-la. Meu prazer, nessa hora, depende de um desconforto dela. Tenho medo, eu, de provocar o desconforto. Ela não perceberia meus meios de a ter por perto.

Preciso urinar. Deixa eu segurar seu membro enquanto você urina? A tradução soa tão precária quanto minhas possibilidades de entender este filme. Membro, urinar. Depois das reclamações técnicas que faço para mim mesmo em silêncio, reconheço na chinesinha que quer experimentar o corpo do amante uma vontade de intimidade que me incomoda. Preciso ficar só por uns dias, por semanas, preciso não ter que responder às falas de superfície que só servem para testar o canal, para dar a certeza de que não se está só. Eu não teria certeza nunca, preciso às vezes do risco de me perder.

Passo duas horas escrevendo quase alheio a Laura, o sentimento de posse sobre ela aumenta minuto a minuto. Acabei o texto e gostei dele. Pretendo dormir. Espero que Laura não vá embora antes de eu acordar. Não é muito seguro que ela goste de mim por causa dos textos imbecis que escrevo sobre filmes um pouco absurdos. Um dia, depois de gozar, ela pode ir embora indiferente por prever um futuro possível com ou sem meus textos. Eu não a deixaria assim com razões. Eu correria desesperado como fiz aos cinco anos depois de urinar nas calças. Fugi da escola. Não sabia o caminho para casa ou para qualquer outro lugar.

— Acabou?

— Dorme, Laurinha.

"O corpo muito colorido de um lagarto aparece na tela sobre a folhagem homogênea e quase sem cor, tudo muito esverdeado pela precariedade dos recursos de filmagem. Quando ouvi pela primeira vez falar de *O lagarto chinês* achei o título interessante, em particular por se contrapor em miniatura à tradicional imagem do dragão chinês. Não li ou escutei crítica de quem já tivesse assistido ao filme.

[...]

Do mesmo modo, a idéia do mimetismo ao contrário é tão intrigante quanto óbvia. *O lagarto chinês* é, como qualquer filme, como tudo, não um objeto que se oferece aos olhos mas toda a rede de estímulos que compõem a experiência de quem o assiste. Não é mais que o silêncio excêntrico, como os que hoje experimentam Laboulette e Marinelli. A mão grossa da civilização ocidental encaixa o estranho em seus padrões enquanto
[...]
O mimetismo ao contrário é, por um lado, o impulso artístico e, por outro, a manifestação da vontade do crítico de encontrar arte onde não se espera. No caso de *O lagarto chinês*, minha impressão é de que a experiência estranha é a falta de qualquer significado estético convencional, um filme banal que é apresentado como arte. É o avesso do mimetismo ao contrário do *American Dissolution*.
[...]
Não acredito que estética e moral sejam diferentes. São modos idealizados que forjam os estímulos e que aproximam ou afastam o homem de determinada experiência com o mundo.

Por fim, uma observação: não encontro motivação para apresentar e recomendar um filme de que não gostei especialmente, a não ser pelo fato de que, por contraste, gostei uma fagulha a mais de todo o resto do mundo."

Uma câmera filmava folhas verdes em um mundo todo verde quando um lagarto de um verde diferente surgiu e, em vez de ter medo, teve a ousadia de mostrar sua fraqueza. Poderia ter encarado os operadores da câmera para assustá-los, mas preferiu desfilar. Não anunciou perigo algum, seria presa evidente para um predador. Pouco depois, ainda observado pela câmera, a fraqueza passou a ser considerada força, porque deve ser forte aquele que não tem medo de não se esconder. Ou tolo. O que se anunciava inofensivo passa então a ser, em potencial, perigoso porque não anuncia o ataque.

Laura escreveu em outra prova na faculdade em um momento raro de reflexão sobre a própria agressividade: "Golpe único e preciso. Nenhuma chance de fuga. Animal morto, esmagou a cabeça com duas marretadas adicionais. Um globo ocular rolou silencioso no soalho. Lamentou não ter destruído a cabeça no primeiro golpe, com o animal ainda vivo, quando a raiva primitiva latejava-lhe a alma".

— Lagartos são animais terríveis.

O nariz

> *O traço era grosso, feito com ponta quebrada*
> *de carvão. Em alguns trechos o risco se tornava*
> *duplo como se um traço fosse o tremor do outro.*
> *Um tremor seco de carvão seco.*
>
> *A paixão segundo G.H.*, Clarice Lispector

Quando Ana acordou, a lesma ainda estava lá. Um cheiro de terra molhada pairava sem abafar o jardim. A pedra onde estava a lesma não tinha se movido desde o dia anterior, nem o tronco da árvore, nem o mato tinha crescido de modo a fazer hoje diferente de ontem. Ana caminhou os olhos enquanto mergulhava os dedos dos pés no molhadinho da terra preta. Nada, nada se movia, a não ser ela mesma. Sentou-se numa pedra e o gelado do jardim lhe subiu. Meio metro à frente, os risquinhos de líquido atrás da lesma, também parados, faziam supor que o bicho algum dia tinha se esfregado na pedra.

Do outro lado, em frente à casa, o mesmo rio é desde sempre. O homem que sobe e ponteia passou há pouco. Ana não viu. Nada a avisou. Homem não é bicho, homem tem olho.

O metrô é um conjunto de tubos para você entrar aqui e sair ali. A vida toda em cima, a vida toda embaixo. A vida é em cima e em baixo, o metrô é caminho e é lugar. Antonio entrou num desses ontem. Não sentou em banco algum — não há bancos escondidos

— e olhou. Nas conexões entram pessoas e saem pessoas. O metrô é como que de mentira, é a vida de baixo construída pela vida de cima. Depois de construído, é embaixo como se fosse em cima. Entrou, uma vez só ontem, e antes de sair foi que aconteceu de ele duvidar de ter entrado, como se houvesse um rio a lhe fazer esquecer de algo e mais algum rio a lhe fazer lembrar, como se ele ou alguém tivesse escolhido que iria começar a partir de então. Não fazia sentido, ali, que ele tivesse entrado ou um dia acordado. O dia anterior era tão distante quanto as partes da cidade aonde o metrô não chega.

Quase sempre é hoje. Acordo, tomo banho, despeço-me da dona da casa e parto para as visitas. Na falta de outro que o faça, tenho que pontear todas. Cerca de seis meses para subir o rio, um dos meus ritmos, parando de porta em porta, olhando os olhos das moças. Eu as entendo duas ou três por dia. Na casa da última, repouso até o dia seguinte. Todos os dias, o rio mais para trás, os rebentos crescem, as moças envelhecidas. As que agora ponteio, antes aguardavam — num jardim, em algum fundo de lugar — enquanto alguma parenta me dava os olhos a ver.

Antonio tinha os olhos para dentro no jardim. A menina limpa, parada, aguardava. O barulho incomodava. Dois homens discutiam as sobras, olhavam-se de frente, furiosos. Não gritavam. Latejavam, os cães, a um metro de Antonio. Um terceiro homem, mais próximo, olhava os dois, sorria, olhava Antonio. A cabeça para lá e para cá e um sorriso na boca. "Há quem nasce bom e há quem nasce ruim", disse, "eu sou neto do Lampião, onde o homem passava, a cidade vestia vermelho. Eu não sou mau, fosse mau", voltou a alternar a cabeça, para os homens discutindo e para Antonio que sofria por não engatar o pensamento.

Das mais novas, gosto da pele lisa e da vergonha de fazerem sem jeito o que fazem bem. Das mais velhas, do gosto de inventar e fingir a novidade, de me prepararem as surpresas como se fossem elas que me buscassem. Acabado o rio, desço pela margem de lá. Da margem de cá, uma e outra mocinha embuchada me sorri os olhos brilhando por cima da água.

"Neto, mas não herdei o sangue." Ao lado de um dos homens que discutiam, uma bolsa no chão, solitária, que o terceiro homem olhava com os olhos da fome. Depois aos olhos de Antonio. "Há homem bom e há homem ruim, já nasce assim. Se eu fosse outro", os dois discutindo, o terceiro com os olhos na bolsa abandonada.

Desceram os três na mesma estação. Antonio ficou. Pensava ainda na menina, na pedra lisa no meio limpo das suas pernas. Buscava uma imagem. Passou a língua pela boca, enfiou ambas as mãos nos bolsos. Não encontrou.

No fim do ano, guardo o último dia para conversar comigo, lembrar da moça que esperou em algum jardim, que poderá me receber à porta no próximo compasso. Os meus ritmos. Imaginar quais dirão tristes que falharam, felizes (ou apenas prontas) para serem reponteadas no ano novo. Os ritmos têm jeitos estranhos de oferecer e de tomar.

O nariz de Antonio entre as pernas de Ana, como a pedra fria. Enfiou o nariz e mergulhou. A lesma ali à frente, imóvel, os risquinhos de líquido atrás. A menina não viu uma folha que caiu da árvore. O mundo ainda existe. Talvez não seja só eu.

O silêncio das árvores

Por anos as árvores cresceram em silêncio. Houvesse um enorme aquário no apartamento de cima, não seria diferente. Imaginado de dentro do apartamento de baixo, é como se houvesse nada. Ontem começou a poda. As motosserras tremem o prédio todo em mim. Liga, desliga. Na minha cabeça. Fim da manhã. Descabelado e com olheiras caricatas, andava de um lado a outro. Sair já não faria sentido: Ana chegaria em duas horas. Não dormi de novo (hoje tenho um motivo — a motosserra —, mas não se trata de ter motivos). Quantos dias ainda?

Liguei o chuveiro e sentei, joelhos dobrados e abraçados, sob a água. Uma hora de sono me daria, imagino, equilíbrio para não me dividir em pedaços cortantes demais. Nem um minuto consegui.

Deixei nu o banheiro e tirei da cômoda a caixa do revólver. Ana Paula não gosta quando eu mato gente. Eu subiria as escadas, arrombaria a porta e daria todos os seis tiros. Voltaria e esperaria Ana, dormindo.

Repeti o procedimento como um mantra. Vesti qualquer coisa ainda molhado e preparei a arma. Quando coloquei os pés fora do apartamento, Ana descia a escada com o tigre. Linda. O tigre brincava com correntes e pedaços de metal. A cada dois ou três segundos, lambia os beiços manchados de sangue. Só então notei que o barulho cessara.

Ana, num abraço, recolheu meu medo e meu sono.

Antonio, querido, não se preocupe. O tigre fica aqui fora hoje. Vamos dormir.

Adverte-se aos curiosos que se imprimiu esta obra nas oficinas da gráfica Vida & Consciência em 26 de setembro de 2008, em papel off-set 90 gramas, composta em tipologia Walbaum Monotype, em plataforma Linux (Gentoo, Ubuntu), com os softwares livres Gimp, LaTeX (Octavo), SVN e TRAC.